ANGIE VOLK

KROKODILE

ROMAN

ATLANTIK

Atlantik ist ein Imprint des
Hoffmann und Campe Verlags, Hamburg.

1. Auflage 2021

www.hoffmann-und-campe.de
Umschlaggestaltung: FAVORITBÜRO, München
Umschlagabbildung: © Getty Images / CSA Image
Satz: Dörlemann Satz, Lemförde
Gesetzt aus der Berling
Druck und Bindung: GGP Media GmbH, Pößneck
Printed in Germany
ISBN 978-3-455-01150-0

HOFFMANN
UND CAMPE

Ein Unternehmen der
GANSKE VERLAGSGRUPPE

FÜR XENIA

Si tu es celui qui pense
au milieu de ses tracas
aux bateaux qui se balancent
viens danser avec Zorba

Si tu es celui qui vide
le bonheur jusqu'à la lie
en se moquant bien des rides
viens danser le sirtaki

Si tu es celui qui ose
être fier d'un cœur qui bat
en regardant une rose
viens danser avec Zorba
viens danser avec Zorba
viens danser avec Zorba!

Ich notiere:
Vom Meer aus zu sehen: bunte Schirme, überall achtlos verteilt wie Bonbonpapier.
Dazwischen: dunkelbraune, fettfleckige, verbrannte kleine Körper.
Vom Strand aus zu sehen: ein grünblauer Streifen Meer, kaum Wellen.
Jachten, die so nah geankert haben, dass sie unentschlossen wirken, unentschlossen, ob sie zum Strand oder zum Meer gehören.
Dazwischen: Badetiere. Flamingos, Einhörner, ein Tukan.
Kinder, die zu schwimmen imitieren, ihre kleinen Glieder sind in aufgeblasenes Plastik gesteckt.
Schweiß, Salzgeruch, ein beständiger Wind.

Bea schläft mit einem Strohsonnenhut auf dem Gesicht seit einer halben Stunde im Sand.

*

Wir sind seit zwei Tagen hier, zwei Tage, wenn man den Anreisetag mitzählt. Eigentlich möchte ich ihn nicht mitzählen.

In schmalen Billigmaschinen sind Bea und ich auf die Insel zugeflogen, sie von Hessen, ich von Berlin aus.
Bea hat mir ab dem Sicherheitscheck Updates geschickt:
9:45 Uhr: Habe den ersten Bierhelm gesehen.
9:58 Uhr: Habe den zweiten Bierhelm gesehen, diesmal die rosafarbene Wildwest-Version.
10:13 Uhr: Der Opa in der Kaffeeschlange vor mir trägt ein T-Shirt, auf dem steht: »Ich brauche kein Viagra, ich brauche das Gegenmittel.« Daneben seine Frau, sehr aufgekratzt.
10:40 Uhr: Eine Gruppe Teenies hat es irgendwie geschafft, Schnäpse durch den Security-Check zu schmuggeln. Es riecht nach süßer Feige und Spiritus, es riecht ein bisschen wie bei uns am Trubelweiher früher.
11:03 Uhr: Habe ich dir schon gesagt, dass ich mich freue?

Bei der letzten Nachricht lächelte ich erschöpft, tippte zur Antwort einen Smiley mit einer Acht als Augenpaar und stellte mein Handy in den Flugmodus.
Ich schaute durch die Scheibe am Gate, blickte durch die Rillen hindurch, die der Regen in den Schmutz gegraben hatte. Betrachtete die Flugzeuge, denen lange Tunnel aus den Bäuchen hingen, die Stewardessen, die in schimmernden Strumpfhosen und steifen Blazern herumstanden und warteten.
Lange sah ich einer Frau dabei zu, wie sie ein Modemagazin durchblätterte und mit einem riesigen Smartphone zwischen Ohr und Hijab geklemmt gelangweilt telefonierte.
Dann begann das Check-in.

Im Flieger habe ich erst mit mir gerungen, irgendwann doch einen Sekt getrunken, zwanzig Minuten später den zweiten gekippt. Meinem Sitznachbarn lächelte ich dabei fröhlich zu, machte ein Gesicht, als gäbe es bei mir so richtig was zu feiern, als würde ich den Sekt nicht etwa trinken, um das Rasen in meinem Brustkorb zu beruhigen. Das Rasen, das mir ansonsten aus der Nase quillen würde, das Rasen, das nichts mit dem Fliegen zu tun hatte, sondern mit der Befürchtung, zu viel von mir sei noch nicht abgehoben.
Im Blick meines Nachbarn lagen zu gleichen Teilen Mitleid und Gleichgültigkeit.

Mit hastigen Bissen aß ich einen matschigen Muffin, sah nicht mehr nach rechts und links, dämmerte weg in einer Wolke aus Unterdruck und Maschinengeräuschen. Ich verpasste die Rubbellose und die Ansage, dass wir landeten, wachte erst auf, als eine Frauengruppe ein paar Reihen vor mir zu singen begann.
Es ging um ein rotes Pferd, und es fiel mir schwer zu folgen.

Im Ankunftsbereich mussten Bea und ich einander eine ganze Weile suchen.
Zwischen den Abholdiensten, den Kleinfamilien und Reisegruppen, zwischen den Autovermietungsservices und den Reisebanken, zwischen den summenden Snack-Automaten und dem älteren Herrn, der mit konzentriertem Gesichtsausdruck auf einem Reinigungsfahrzeug saß, reaktivierte sich das Gefühl in meiner Brust. Wie eine elektrische Entladung breitete es sich Stück für Stück in meinem restlichen

Körper aus, wurde allmählich zu einem zirpenden Geräusch. Es klang wie ein Kahn, der sich durch eine zugefrorene Wasseroberfläche schiebt.
Widerwillig dachte ich an meine Therapeutin. An ihr Mondgesicht und ihre dunkelblaue Brille, daran, dass sie immer behauptet, es würde mir helfen, wenn ich verstünde, was mit mir geschieht in diesen Momenten. Und daran, dass ich das für Quatsch hielt. Ich murmelte »Fight or Flight,
Flight or Fight
or
Flight
or Fight
or
Flight
or Fight.«
Hielt die Augen geschlossen und beobachtete dunkle Flecken hinter meinen orangen Augenlidern, die wie Geißeltierchen in einer Petrischale umherschwammen, atmete dabei in viel zu kurzen Zügen.

»Ich hatte Sorge, dass du ein Schild mit meinem Namen vorbereitet haben könntest«, sagte schließlich Beas Stimme sehr nah neben meinem linken Ohr.
Sie musste mich schon länger angeschaut haben.

Wie immer übernahm Bea das Reden. Sie hakte sich bei mir unter wie früher, hatte mein bleiches Gesicht einfach wegignoriert, weggeplaudert und erzählte mir ausführlich von den weiteren Ereignissen ihres Fluges. Davon, dass sie in der gleichen Reihe wie der Viagra-Opa und seine Frau geflogen war, die beiden nett gewesen seien – er ein ehemaliger Geschichtsprofessor, sie pensionierte Laborassistentin. Dass beide nur auf der Insel so richtig abspannen könnten, schon seit Jahrzehnten rüberflögen, uns einen wunderbaren, einen erholsamen Urlaub wünschten.

Ich betrachtete Bea unauffällig von der Seite. Ihre Wangen, die immer leicht gerötet sind, ihre hellblauen Augen, die immer wach aussehen, wach und aufgerissen.
Ein Blick, als würde sie etwas erstaunen oder empören.
Ein Gesicht, das immer vertraut ist, egal wie lange wir uns nicht sehen.
Es ging mir dann schnell besser.

Ein roter Twingo wartete am Ausgang, überzogen von einer hellbraunen Sandschicht, die die Hauptfarbe der Insel ankündigte. Vor ihm lehnte ein Typ um die sechzig, er trug eine blau verspiegelte Sonnenbrille, weiße Leinenhosen und ein enges T-Shirt mit einem Mandala drauf. Er hatte sich eine Bundfalte in die Hose gebügelt, in eine Hose, die mit einem groben Knoten geschlossen wurde.
Der Typ breitete seine Arme aus, stellte sich als Rolf, unser Ferienhausvermieter, vor.
»Willkommen auf der Insel. Ihr müsst die neuen Sonnenanbeterinnen sein.«
Er sagte, dass wir wirklich noch ganz schön blass seien, sein Blick wanderte dabei unsere Körper rauf und runter.
Ich wickelte meine Jeansjacke enger um die Hüfte.

Im Auto war Rolf netter als erwartet, stellte viele Fragen zu Deutschland, zum Flug, wollte wissen, was wir beruflich machen. Er schien ernsthaft interessiert.
Bea stieg eifrig ins Gespräch ein, hatte sich von der Rückbank weit nach vorne gebeugt. Ihre Hände gruben sich in den spröden Plastikbezug der Vordersitze, sie deutete mal hierhin und mal dorthin, einmal griff sie fast in die Schaltung.
Sie und Rolf lachten schnell miteinander.

Ich betrachtete die karge Landschaft vor dem Fenster, die Tankstellen, Shoppingcenter und Kreisverkehre. Versuchte, einen Blick aufs Meer zu erhaschen, ohne zu wissen, in welcher Richtung es lag. Auf den ersten Blick sah die Insel aus wie ein sommerheißes Industriegebiet irgendwo bei Frankfurt (Oder).

Ich musste an die Hinfahrt von Beas und meiner ersten Reise denken, keine Ahnung, wohin wir damals gefahren sind.
Bea und ich hatten die Salamibrote und die nach Salamibrot schmeckenden Apfelschnitze aufgegessen, uns aus Lakritzschlangen Armbänder und Ringe geknüpft. Wir hatten eine Kassette gehört, uns um den Gameboy gestritten, einen Käfer aus dem Fußraum gerettet und zum großen Unmut von Beas Vater alle Handklatschspiele, die wir kannten, mehrfach durchgespielt, als Bea auf eine Idee kam.
Beim nächsten Lkw, der vorbeifuhr, zog sie ihr T-Shirt hoch, schielte und zeigte dem verdutzten Fahrer ihre Kinderbrüste.

Ihr Oberkörper war schneeweiß, geflankt von kräftigen Rippenbögen, ihren Bauch hatte sie so weit rausgestreckt, dass es aussah, als würde ihr Nabel jeden Moment abspringen wie ein lockerer Knopf. Sie machte einen Schmollmund und drückte ihr imaginäres Dekolleté zusammen.

Bea und ich hatten die Pose vom Privatfernsehen gelernt, aus den Filmchen, die wir schauten, wenn wir beieinander schliefen, uns heimlich nachts aus den Betten stahlen und kichernd vor der Glotze saßen.

In der nächsten Sekunde war der Mann aus unserem Sichtfeld verschwunden, sein Lkw vor uns fuhr leichte Schlangenlinien.

Wir lachten, bis uns die Capri-Sonne aus der Nase lief, bis Beas Vater, der vorne nichts von alldem mitbekommen hatte, sich umdrehte und brüllte, dass er uns an der nächsten Raststätte rausschmeißen würde, wenn wir jetzt nicht die Klappe hielten.

Rolf fragte, was ich denn zu erzählen hätte, warum ich gar nichts sagen würde? Er schaute mich durch den Rückspiegel an, sein Blick war schwer zu lesen.

Ich lächelte entschuldigend, behauptete, dass mir schnell schlecht werde im Auto, es besser sei, den Mund geschlossen zu halten.

Bea verdrehte stumm die Augen.

Nach etwas mehr als einer halben Stunde waren wir schließlich am Ziel.

*

Unser Teil der Insel liegt bewegungslos in der Sonne, ist ein paar Kilometer weit entfernt von den weißen, riesigen Hotelanlagen, die über die Strände gekippt wurden, und den Einkaufsstraßen, die sich gierig in die Altstadt graben. Das Gebirge ist nicht zu sehen, die Landschaft um uns herum verdorrt und flach.

Am Strand gibt es ohne Ende Teeniegruppen. Junge Frauen mit langen Haaren, die wie dunkle Seidenbahnen von ihren Köpfen hängen, Jungs, die mit forschen Blicken den Sand, die Körper, die Konkurrenz vermessen.
Zwischen den Gruppen liegen zwei Frauen um die fünfzig. Sie tragen Schlapphüte, haben sich in Embryohaltung zusammengerollt, liegen Rücken an Rücken. Während sie dem Treiben zuschauen, dabei aussehen wie auf die Seite gekippte Wächterinnen, tun alle anderen so, als würden sie einander nicht bemerken. Die Jungs kicken einen pinken Ball am Wasser entlang, die Mädchen kämmen konzentriert ihre Haare, sitzen dabei sehr aufrecht.
Schräg rechts von alldem hocken Bea und ich.

Bea ist inzwischen wach, hat eine Runde Eis und Bier spendiert.
»Ich hätte hier die ganze Zeit Angst, dass Noah einen Hitzschlag bekommt«, sagt sie, macht eine lange Bewegung mit der Zunge an ihrer Waffel entlang und betrachtet ein paar Kinder vor uns im Sand. Sie sehen fit aus, zufrieden. Seit

Stunden sind sie mit einem unermüdlichen Eifer mit Sandförmchen und kleinen bunten Schaufeln beschäftigt. Ich denke, Noah würde es vermutlich überstehen. Sage nichts, nehme stattdessen einen Schluck Bier.

Ich habe am ersten Tag immerzu an Oscar gedacht, jetzt weniger, ganz bewusst schiebe ich die Gedanken davon, versuche das Thema zu wechseln. »Wirklich irre, was für ein Glück wir mit dem Wetter haben.« Ich springe auf, wische mir schwitzigen Sand von den Oberschenkeln.
»Ich gehe noch mal ins Wasser.«
Bea lässt sich halb schulterzuckend, halb kopfnickend nach hinten fallen.

*

»Griechenland, Italien, Kroatien, Spanien, völlig egal«, hatte Bea am Telefon bei der Reisebuchung gesagt, also hatte ich ein zweites Fenster geöffnet und die Koordinaten für Spanien eingegeben.
»Hauptsache, es ist warm, Hauptsache, es gibt Wasser.«
Bea hatte es sich zur Aufgabe gemacht, der Reise den Anschein zu geben, als wäre sie es, die dringend Urlaub brauchte. Als ginge es nicht darum, dass mir zu Hause die Decke auf den Kopf fiel, ich Gefahr lief, in den Rinnen des Alltags zu verschwinden.
Ein paar Wochen hatte sich Bea meine Abgespanntheit, meine Erschöpfung am Telefon angehört, dann war sie dazu übergegangen, Reisesehnsucht zu verkünden. Sie erzählte

von einer Kollegin, die frisch von den Malediven zurückgekommen und deren Sommerbräune blanker Hohn sei. Ich wusste, sie hatte die Kollegin erfunden.
Bea behauptete, dass sie durch Zufall den perfekten Badeanzug gefunden habe, sie *Baywatch* in der Wiederholung schauen würde. Dass sie einen Wahnsinnsappetit auf gegrillten Tintenfisch habe, auf süßen Rotwein und Anislikör. Irgendwann gab ich auf und schlug einen Sommerurlaub vor.
Wir wussten beide, dass es wichtig war, dass die Idee von mir kam, sprachen nicht darüber.

Ich scrollte durch die Inserate, während Bea Flugpreise murmelte, blieb am Bild einer Finca hängen. Das Foto war stark nachbearbeitet, die Farben leuchteten unnatürlich und komplementär, die Szenerie wirkte dadurch fast tropisch. Ich klickte durch die anderen Bilder, blieb hängen beim Bild eines Sprungbretts, das jemand zwischen großen Felsbrocken am Uferrand des Meeres angebracht hatte.
Es sah aus, als würde der Absprung nicht ins Wasser, sondern in den Himmel führen.
»Ich glaube, ich habe einen schönen Ort gefunden.«

*

Ich stehe bis zu den Schenkeln im Meer, wehre die Wellen ab, mehr aus Gewohnheit als aus Notwendigkeit, gelegentlich huscht ein dünnes Fischchen davon. Ich schaue ungläubig hinterher. Das Wasser sieht aus, als hätte es jemand frisch eingelassen, als läge es nicht seit Millionen von Jahren in einem sandigen Becken, jeder Fisch sieht aus wie ein Statist.

Eine Welle schwappt mir gegen Bauch, Brustbein, Kinn, ich tauche ab, puste silberne Blasen durch die Nase. Mein Haar steigt als dunkelrote Wolke um meinen Kopf herum auf, ich höre das Blut in meinem Schädel pochen. Es fühlt sich an, als ob sich die Poren meines Gesichts mit Luft füllen. Ich sinke auf den hellen Meeresboden, greife nach meinen Kniegelenken, mache eine krause Stirn, lege sie ab.

Ich frage mich, wie es wäre, hier zu bleiben, ob es den Versuch wert wäre – einfach immer mehr Luft ausatmen, die Lungen verschließen, sich mit allen Gliedern verpacken zu einem Bündel und hier hocken bleiben, in dieser lauwarmen salzigen Nährlösung, die Geräusche des Strandes noch schwach erahnen können, aber nichts mehr mit ihnen zu tun haben. Unter meinen Händen verändert sich der feuchte Sand, fühlt sich an wie die Oberfläche eines Tieres.

Mein Körper lässt mich im Stich, verlangt schon nach kurzer Zeit panisch nach Sauerstoff, ich treibe enttäuscht nach oben.

An der Wasseroberfläche brennt mir die Sonne eine heiße Schneise auf die Kopfhaut, das Pochen des Meeresbodens dröhnt in mir nach.

Ich höre sein Lachen, bevor ich ihn sehe, öffne widerwillig die Augen.

Der Typ ist um die sechzehn, schlaksig, insgesamt schief, ziemlich groß. Sein Lachen ist ehrlich, nicht schön, es klingt wie ein junges, übermütiges Bellen. Die Nase ist zu lang, passt zu seinen ungelenken Gliedmaßen, seine Zähne sind sehr weiß, man kann die Zahnspange noch erahnen. So braun gebrannt, wie er ist, muss er schon länger hier sein, vermutlich mit seinen Eltern. Die nassen dunklen Locken schüttelt er seinem Freund entgegen, Tropfen landen auch auf meinen Schultern, er sagt etwas auf Französisch. Ich bin überrascht, dass ich ihn problemlos verstehe.

Er bemerkt meinen Blick in dem Moment, als ich selbst bemerke, dass ich ihn anstarre, sieht mir direkt ins Gesicht, grinst breit. Wahrscheinlich mehr aus Spiel als aus echtem Interesse. Ich kann es ihm nicht verübeln, ich sehe viel jünger aus, als ich eigentlich bin. Außerdem gaffe ich, mitten auf einer Sandbank im Mittelmeer gaffe ich ihn an wie das siebte Weltwunder.

Der Typ zieht die Augenbrauen nach oben, sagt diesmal auf Englisch: »Wie geht's, alles klar?«

Irgendetwas an der Situation erschrickt mich zu Tode, der Schreck schießt mir in jeden meiner Knochen. Ich drehe mich um, schiebe meine Knie, so schnell es geht, durchs Wasser, halte mich mit Mühe davon ab loszulaufen.

Ich höre sein Lachen hinter mir, er lacht noch, als ich schon fast wieder auf dem Trockenen bin.

Bei jedem Schritt schippe ich eine Ladung Sand auf eine fremde Strandmatte, höre träge gemurmeltes Geschimpfe hinter mir, drehe mich nicht um.

Bea hat sich wie ein Seestern ausgebreitet, liegt inzwischen mit dem Gesicht nach unten. Ich bin nicht sicher, ob sie schläft, bohre einen Finger in ihren Oberschenkel. Ein weißer Fleck bleibt zurück. Sie knurrt auf.

»Du bist schon ziemlich rot, du solltest aufpassen«, sage ich und lasse mich neben sie fallen. Ich scanne das Meer von weitem ab, stelle erleichtert fest, dass ich die beiden Jungsköpfe nicht mehr erkennen kann.

Bea dreht sich zu mir um: »Und du bist eine einzige Sommersprosse.«

*

Kurz vor der Siesta kaufen wir uns jede noch ein kaltes Bier und eine Tüte Chips, um später wieder auf die Beine zu kommen.

Der Supermarkt ist klein und schmal, bis zur Decke vollgestapelt mit Dosen, Tüten und Flaschen. Es riecht nach fauligen Bananen, nach Glasreiniger und Eisen. An der Kasse sitzt eine ältere Dame in einem weißen Kittelkleid, sie tippt auf einem orangefarbenen Nokia herum, hat ein Bein vor sich auf einen kleinen Hocker gelegt. Sie schaut mich durch getönte Brillengläser an, ihr Lächeln ist zahnlos und schön.

Einen kurzen Moment stehe ich da und sehe sie an, sie erscheint mir wie eine Figur aus einem altertümlichen Gemälde, wie etwas in sich Ruhendes, unendlich Stabiles. Dann unterbricht Bea meinen Gedanken.

»Sonnencreme ist absurd teuer«, sagt sie und hält mir eine weiß-gelbe Tube entgegen. »Es ist ein Skandal.« Ich zucke die Schultern, schaue in den zerkratzten Spiegel am Drehständer mit den Sonnenbrillen. Mein rechtes Auge erscheint darin, es sieht müde aus, rot vom Salz.

Neben einem Metallregal voller Schwimmtiere, Flossen und billigen Schnorcheln finde ich das silbrig bunte Snackangebot, knistere unentschlossen mit einer Tüte Salzstangen. Lese: *Sour Creme, Huevo Frito, Chakalaka*.

Jemand hinter mir sagt plötzlich, dass sein Name Julien sei, fragt, wie ich denn heißen würde. Ich halte mich an den Salzstangen fest wie an einer Boje, weiß sofort, dass es der Typ aus dem Wasser ist.
Er steht einen Fußbreit von mir entfernt, greift nach der Jumbopackung Erdnussflips, dreht sich zu mir rüber. Mein Körper wird mir seltsam bewusst, ich schiebe die Schultern nach hinten, weiß nichts mit meinem Hintern anzufangen. Ich bemühe mich, gerade zu stehen. Er sagt Hallo auf Französisch, sachlich und freundlich. Ich sage erst nichts, dann auch Hallo und direkt im Anschluss: »Ich bin dreißig.« Ich sage es erst falsch, korrigiere mich dann: »Ich habe dreißig.«
Er nickt, sagt »Okay«. Runzelt die Stirn und wartet.
Ich kann nicht anders und schaue unschlüssig zurück.
Meine Pobacken entspannen sich.

Bea sagt nichts, als ich meine Telefonnummer in sein Handy tippe. Ich bemerke sie erst, als ich mich verabschiede, mich in die andere Richtung des Ganges drehe.
Was zum Teufel, denkt Bea.

Ich habe das manchmal, dass ich Beas Gedanken hören kann.
Was soll denn der Unsinn?

*

Es ist eigentlich nur am Strand auszuhalten. Vom Meer aus schiebt ein beständiger Wind das Wasser gegen die trockene Insel, zerteilt die unbewegliche Hitze, macht sie erträglich. Der Rest des Örtchens ist sonderbar leer. Wir begegnen einer schmalen schwarzen Katze vor einem Haus, hören eine alte Spanierin irgendwo laut telefonieren. Ihre Stimme ist quäkend, so als hätte sie zwanzig Jahre Marlboro geraucht und dann einen Frosch verschluckt.
Ansonsten ist es still.

Vom Meer zum Supermarkt ist es nicht weit, vom Strand bis zu unserer Unterkunft eine halbe Stunde Weg. Es riecht nach verbranntem Fleisch, nach Sommerflieder und Benzin, irgendwo wässert jemand seinen Rasen.
Bea und ich laufen schweigend nebeneinander, jede von uns trägt zwei dünne Plastiktüten voller Einkäufe. Meine Flipflops schmatzen bei jedem Schritt.
Ob ich wisse, wie albern das mit dem Typen sei, fragt Bea irgendwann.
Ich sage nichts.
»Richtig hart albern«, sagt Bea.
Ich deute ein Schulterzucken an.
Sie ist dann wieder relativ versöhnlich.

Wir haben uns in einer sehr bunten Unterkunft eingemietet, teilen uns ein Zimmer.
Der Rolf und Eva, die Vermieterin, wohnen mit im Haus, sie sind vor ein paar Jahren ausgewandert aus Süddeutschland. Wegen des Wetters, wegen des Meeres, alles viel entspannter hier.
Wir haben die zwei Wochen beim Einchecken bar auf die Hand bezahlt, Eva hat die Scheine in ihre Desigual-Tasche gesteckt, uns verschmitzt zugezwinkert.

Jetzt gerade sitzt sie auf der Veranda, hat ein riesiges Glas Cola vor sich stehen, verharrt unbeweglich in der Sonne wie ein wärmespeicherndes Reptil.
Ihre Haut glänzt, duftet nach Vanille und Kokos.
Eva schiebt sich die Sonnenbrille aus dem Gesicht, als wir näher kommen, winkt uns entgegen.
»Hallo, Mädels, wie ist es euch ergangen?«
Sie ist eine dieser Personen, die ohne erkennbaren Grund lachen am Ende ihrer Sätze.
Erst als wir vor ihr stehen, bemerke ich den kleinen Fernseher auf dem Tisch vor ihr. Es läuft deutsches Programm ohne Ton. Eine blonde Frau hält eine Halskette in die Kamera, lehnt sich übertrieben begeistert nach vorne. Eine zweite Frau fasst sich dazu ergriffen ans Herz.
»Alles wunderbar«, sagt Bea, und ich wippe dazu mit dem Kopf.
Dass es kein Wunder sei, dass sie hergezogen sei, sagt Bea. Dass sie sich selbst immer fragt, warum sie eigentlich in Deutschland lebe, wo doch überall sonst auf der Welt so

tolles Wetter sei. Bea macht ein schwärmerisches Gesicht, deutet auf den Himmel, die Liegestühle, den ausgeblichenen Zierbrunnen in der Ecke, in dem kalkige Keramikfrösche sitzen.

»Du kannst uns immer gerne besuchen«, sagt Eva. Sie macht eine Kunstpause, fügt dann hinzu: »Für fünfundvierzig Euro die Nacht.«

Bea und sie lachen einen kleinen Moment zusammen in Richtung Sonne.

Ich habe plötzlich einen Kloß im Hals, nuschle eine Entschuldigung und schiebe mich durch das Fliegengitter an Eva und Bea vorbei ins abgedunkelte Haus.

Rolf sitzt im Unterhemd an seinem E-Piano, er hat sich im Wohnzimmer ein kleines Musikstudio eingerichtet. Ein Computerbildschirm leuchtet ihm blau ins Gesicht. Er trägt große Kopfhörer, bemerkt nicht, dass ich reinkomme. Seine Finger klackern über die Plastiktasten, er hält die Augen geschlossen, zuckt rhythmisch mit den Mundwinkeln, den Augenbrauenspitzen.

Ich gehe vorsichtig an ihm vorbei die Marmortreppe hoch.

Die Wände von Beas und meinem Zimmer sind mit Wischtechnik bemalt. Ich reibe beim Reinkommen mit einer Hand über das Grün, das Orange, das Rot, klopfe mit den Fingerknöcheln auf die Wand. Sie klingt seltsam hohl.

Ich lasse mich auf meine Bettseite sinken, das Kiefernholz knarzt und ächzt. Ich bemerke die Einkäufe, die ich noch im Arm halte, öffne eine warme Dose Bier, trinke sie dann

doch nicht. Starre stattdessen auf den hellweißen Streifen Himmel zwischen Fensterbank und Rollokante.
Ich lege mein Handy gut sichtbar neben mich auf den Nachttisch.

Kurz vor der Abreise bin ich zu einem der kleinen Reparaturläden bei mir um die Ecke gegangen, habe ewig das Angebot im Schaufenster betrachtet und mich schließlich für eins der Telefone entschieden, das ich als Teenagerin gerne gehabt hätte, aber nie bekommen habe.
Als ich reinkam, hob der Verkäufer gelangweilt den Blick.
Der Kragen seines Hemdes war spitz und zerknickt, seine Haare entweder sehr fettig oder voller Pomade.
Ich deutete von innen in die Auslage, sagte: »Ich hätte gerne das Hellblaue für dreißig Euro.«
Ohne einen Kommentar fischte mir der Verkäufer das Handy aus dem Schaufenster, er schnaufte dabei, dann wischte er es mit seinem Ärmel ab.
Ein paarmal drückte er auf die Tasten, obwohl es aus war.
»Läuft alles.«
Ich zog mein Smartphone aus der Tasche.
»Können Sie mir noch einen Adapter einlegen, damit ich meine SIM-Karte benutzen kann?«
Der Verkäufer stocherte mein SIM-Kartenfach auf, fummelte meine winzige Karte in einen riesigen Adapter und ließ ihn in dem hellblauen Telefon verschwinden. Dann musterte er mich und fragte: »Fährst du auf ein Festival, oder willst du Drogen verkaufen?«
Ich antwortete nicht.

»Zum Fotografieren brauchst du noch eine zusätzliche Speicherkarte, und deine ganzen Messenger laufen hier drauf nicht.«
Ich dachte: Ich will keine Fotos machen, ich brauche keine Messenger, ich möchte so wenig Kontakt mit dem Rest der Welt haben wie möglich.
Ich sagte nichts davon, zahlte stattdessen die dreißig Euro fürs Telefon und die zwei Euro für den Adapter.
Dann verabschiedete ich mich.
»Viel Spaß beim Feiern«, rief mir der Verkäufer hinterher.

*

»Also, ich mag die Eva und den Rolf richtig gern«, sagt Bea, als sie ins Zimmer kommt. Ich murmle etwas, lasse die Augen geschlossen.
Bea lässt sich auf ihre Bettseite sinken, ich federe mit, dann rollt sie sich in meine Richtung und sieht mich aufmerksam an.
Ob ich wüsste, wie oft wir schon in einem Bett gelegen haben?
Ich atme lange aus, überschlage die Jahre, drehe mich ihr entgegen. »Hunderte Male.«
»Ich war zwischen zehn und siebzehn Jahren öfter bei euch als zu Hause«, sagt Bea und macht eine kleine Pause. »Und dann kam Amir.«
»Ich erinnere mich.«

Früher hatte Bea mit allen möglichen Dingen Probleme. Als Kind war sie hitzköpfig, in der Schule laut, unkonzentriert, beim Spielen in den Pausen oft zu grob.

Sie kam irgendwann in der vierten Klasse an unsere Schule, war ein Jahr älter als wir anderen Kinder, einen Kopf größer als ich. Als unsere Lehrerin sie vorstellte, schaute sie wie eine Kampfhündin in die gespannten Gesichter, setzte sich dann mit einem lauten Plumpsen neben mich. Eine Woche lang sagte sie gar nichts, nahm dann ihren Füller und schrieb mit violetter Tinte in die Kästchen meines Mathehefts: *Das ist doch zum Kotzen.*

Von da an waren wir zusammen, oder vielleicht sollte man sagen: beieinander.

Meine Mutter nannte es unzertrennlich, für uns war es damals ein in erster Linie trotziges Zusammenhalten gegen den Rest der Welt, ein gemeinsames Abwarten.

Vermutlich ist es das bis heute geblieben.

Als Teenagerin stritt Bea mit ihrer Mutter über ihr Gewicht, über Klamotten und Hausarbeiten. Mit ihrem Vater über Versetzungen, Tätowierungen, ihr Gewicht, immer wieder über einen Rollerführerschein.

Ihre Eltern waren die klassischen Vorstadtmittelschichtdeutschen. Wenn ich heute an ihren Vater denke, sehe ich ihn entweder in seinem Fernsehsessel sitzen, ein Bier aus einem Leonardo-Glas trinken und auf eine Sportübertragung starren – oder ich habe sein wütendes Gesicht vor mir, das sich über irgendwas, was Bea und ich gemacht haben, wahnsinnig aufregt. Ich kann mich nicht daran erinnern,

dass er mehr als zehn Sätze in normaler Lautstärke zu mir gesagt hat in den letzten zwanzig Jahren.
Mit vierzehn war Bea davon überzeugt, dass er eine Affäre mit seiner Steuerberaterin hatte, sie weiß bis heute nicht, ob es stimmt.

Ihre Mutter war Hausfrau, genauso blond wie Bea, aber sehr mager und auf tragische Art bemüht, dass die Dinge nach außen gut aussahen.
Nach der Geburt von Bea hatte sie aufgehört, als Anwältin zu arbeiten, und steckte all ihre Energie in die Hausarbeit und Beas Erziehung. Sie schien nach einer unsichtbaren inneren Ordnung zu suchen, nutzte Stoffbären, die sie im ganzen Haus verteilte, zarte Porzellanpuppengesichter in Vitrinenschränken und Vorgartensolarbeleuchtung in Form von Schmetterlingen, um diese Ordnung zu erzeugen. Sie feudelte, saugte, schnitt Hecken und Rosen. Sie kochte, backte, weckte. Sie fuhr Bea zum Tischtennis, zum Reiten, zum Hallenhockey. Ich habe sie selten ruhig sitzen sehen.
Bea war sicher, dass ihre Mutter von der Affäre wusste, sich dagegen entschieden hatte, sich das anmerken zu lassen, sie weiß bis heute nicht, ob es stimmt.

Oft saßen Bea und ich schweigend zusammen in ihrem Dachzimmer, um uns herum hingen Poster von Rockbands, von gelben Cartoonfiguren, Werbung für Nil-Zigaretten. Wir nahmen immer mal einen warmen Schluck Apfelkorn, und Bea machte ein finsteres Gesicht, ballte die Fäuste. Ich

stopfte dünne, bröselige Joints mit Finelinern und wusste nichts Aufmunterndes zu sagen.
Sie hatte lange keinen Freund, in der zehnten Klasse dann aber doch, und der ist es bis heute geblieben.
Amir.
Seitdem ist Ruhe. Irgendwie.
Amir ist ein schmaler, stiller Mann. Er liebt Bea mit einer unerschütterlichen Selbstverständlichkeit, ist voller Bewunderung für seine starke laute Frau.
Hat sich nie davon abschrecken lassen, dass sich Bea oft gegen diese Liebe sträubt.
Er war mir gegenüber immer nett, freundlich, scheu. Hat offensichtlich nie was mit mir anfangen können, war immer bemüht, mir das nicht zu zeigen.

Bea hat mal gesagt, seit sie verheiratet ist, lässt man sie mehr ihr Ding machen. Lässt man sie in Frieden.

Ich selbst war blass, zu dünn, rothaarig, allen immer zu leise.
Die Schule fiel mir leicht, fühlte sich trotzdem an wie ein Käfig aus Ringbüchern, Wurstbroten und Linoleum.
Zu meinem Vater hatte ich ein distanziertes Verhältnis. Meine Eltern hatten sich getrennt, als ich ein Baby war, und mein Vater hatte eine neue Familie dreihundert Kilometer weit weg gegründet. Wir sahen uns nur ein paarmal im Jahr, meistens fuhr ich zu ihm und fühlte mich dann wie ein Eindringling in seinem neu gebauten Einfamilienhaus, zwischen meinen Konsole spielenden Halbbrüdern und seiner unerschütterlich freundlichen neuen Frau Christiane.

Mein Vater machte oft ein gequältes Gesicht, wenn er mit mir sprach, so als müsste er sein schlechtes Gewissen immerzu nach außen kehren. Obwohl ich ihn nie gefragt habe, sagte er mir ständig, was für eine Scheiße das damals gewesen, was für eine tragische Sache es sei, wenn sich Eltern irgendwann einfach nicht mehr liebten. Dass die Trennung nichts mit der Liebe zu tun gehabt habe, die er mir gegenüber empfand, dass ich das bloß nicht denken solle. Ich presste meinen Mund fest zusammen und nickte, sagte nichts dazu. Er war damit meistens zufrieden.

Meine Mutter und ich lebten alleine. Sie arbeitete viel, sah meistens gestresst aus und war immer auf dem Sprung. Sie suchte Autoschlüssel, verlorene Handschuhe und Parkuhrmünzen, kratzte kalte Nudelaufläufe in Tupperdosen, während sie mit irgendwem telefonierte, tuschte sich die Wimpern des einen Auges, während sie mich mit dem anderen im Spiegel fixierte, fragte, wie es mir ging, was es Neues gab. Meistens saß ich am Küchentisch, sah ihr zu und zuckte mit den Schultern.
Sie wirbelte, stolperte, knallte Türen, brachte lange keinen Mann mit nach Hause.

Erst um meinen zwölften Geburtstag herum saß plötzlich Thorsten mit im Wohnzimmer, hatte eine Flasche Bier und ein Geschenk für mich vor sich stehen.
Er sprang vom Sofa auf, als ich reinkam.
Die Schönheit, die Augen, die Haare – ganz die Mama!
Dass er sich freuen würde, mich endlich kennenzulernen.

Sein Lächeln spannte sich über sein halbes Gesicht.
Ich sagte nichts, sah stattdessen meine Mutter über Thorstens Schulter hinweg an, öffnete das Geschenk. Es war ein Parfüm in einer kleinen runden Dose, das man hinter das Ohr schmieren musste und auf die Handgelenke.
Es roch nach Kaugummi und Lilie.
Meine Mutter war ein bisschen rot, wirkte ertappt, glücklich, sah viel jünger aus, als sie war.

Ich kämpfte keine Kämpfe, assistierte stattdessen Bea bei ihren Vorhaben, Fluchtversuchen, Wutanfällen. Habe mich ab und an gefragt, wann es mich mal so zerreißt, wann mir die Dinge solche Stöße versetzen. Wann es endlich so weit sein wird.

Ob wir so langsam mal was essen gehen wollen, uns ein bisschen aufbrezeln, fragt Bea und reißt mich aus meinen Gedanken.
»Schließlich müssen wir noch deinen dreißigsten Geburtstag nachfeiern.«
Sie grinst breit.
»Schau mal, was ich hier noch für dich habe.«
Bea hält mir einen Papporden entgegen, in der Mitte ist eine glitzernde Dreißig gedruckt, daneben eine Zeichnung von einer alten Dame mit Gehstock, drum herum klebt borstiges Lametta.
Ich lache widerwillig, ziehe mir die Decke über den Kopf und falle fast vom Bett.

*

In jedem Restaurant ist es das Gleiche, in jedem Restaurant sind die Kellnerinnen gelangweilt aussehende junge Frauen. »Oder sagt man noch Mädchen?«, frage ich Bea.

Uns bedienen fünf Kellnerinnen. Sie tragen Polohemden, die bestickt sind mit dem Restaurant-Logo, schwarze Hosen, sie sind zu schwarz für das Wetter. Die Kellnerinnen stehen in einer Traube zusammen, gucken aufs Meer und flüstern miteinander auf Spanisch. Sie reden mit Sicherheit auch über Bea und mich, ich kann es ihnen nicht verübeln. Wir haben jede eine Dorade bestellt, zwischen uns stehen Kartoffeln, Oliven, Salat, ein viel zu großer Kühler mit einer Flasche Wein. Pro Kopf etwa ein Kellnerinnentagesgehalt. Höchstens zwei Meter hinter ihnen steht der dicke, alte Restaurantbesitzer. Er trägt kein Polohemd, sondern ein normales Hemd mit Krawatte. Ab und an scheucht er die Gruppe auseinander, bringt eine Rechnung an einen Tisch, eine Runde süßer Liköre.
Ansonsten steht er einfach hinter ihnen, schwitzt grimmig, hält Wache.
So ist es im ganzen Ort, in jedem Restaurant. Es macht mich seltsam müde.

Der Fisch liegt uns fett und schwer im Magen. Als wir bezahlen wollen, schiebt sich uns die Kellnerinnentraube ganz langsam und feierlich mit einem Schokokuchen entgegen, er ist mit pinken Kerzen gespickt.

Ich lege mir die Hände vor das Gesicht, bin sicher, dass alle bis auf Bea die Geste als Rührung interpretieren. Sie zeigt der Familie am Nebentisch fröhlich meinen Papporden.
Die Kellnerinnen singen die spanische Version von »Happy Birthday«, lächeln dazu etwas zu breit, der Rest des Restaurants stimmt heiter mit ein. Bea klatscht laut und ungerührt enthusiastisch, brüllt ab und zu »Marmelade im Schuh« und »Aprikose in der Hose«.
Der Restaurantbesitzer stellt sich hinter mich, greift mir mit beiden Händen fest an die Schultern, singt mit einer donnernden Bassstimme am lautesten von allen mit, schaut dabei gebieterisch in die Ferne.

Nach dem Essen drehen wir noch eine kleine Runde. Bea trägt einen Aluschwan mit Resten wie eine feine Abendtasche, ist sichtlich zufrieden mit sich und ihrer Ständchenidee. Sie hat sich untergehakt, macht Gesprächsvorschläge: dass wir uns darüber unterhalten könnten, ob ich mich anders fühle als noch mit neunundzwanzig, wir über meine Wünsche, Ziele, Träume für das neue Lebensjahr sprechen könnten. Für die neue Dekade.
Ich lasse meinen Blick über die Surfbrettspitzen am Straßenrand, über die feucht schimmernden Felsbrocken am Kai wandern.
Ich denke, dass ich mir wünsche, nie wieder nach meinen Träumen gefragt zu werden, und dass ich mich seit etwa dreißig Jahren nicht gefühlt habe wie ich selbst. Stattdessen sage ich nichts.
»Wie immer ist es eine große Freude, mit dir zu plaudern«,

sagt Bea genervt und fischt ein Stück Schokoladenkuchen aus dem Schwan.

Wir spazieren die Uferpromenade nun schweigend entlang, schlendern vorbei an den kleinen Boutiquen und beigen Strandhäusern. An der Softeisdiele bleibt Bea stehen, und bevor ich sie aufhalten kann, bittet sie ein spazierendes Paar, ein Foto von uns zu machen. Sie legt einen Arm um mich, hinter uns schwappt das Meer träge gegen die Piermauer, das Paar zählt den Foto-Countdown, und dann rufen wir »Käse« in der Sprache, die uns alle vereint.

*

»Was machst du?«, fragt Bea. »Was machst du denn?« Sie sitzt am Esstisch, hat ihr Handy vor sich liegen, wir sind seit einer halben Stunde in der Unterkunft. Sie hat gerade noch mal mit zu Hause telefoniert, ein liebevoll inhaltloses Gespräch mit Noah geführt.

Dass ich noch mal rausgehe, sage ich und lege im Flur Lippenpflegestift mit Kirschgeschmack auf.

Sie steht auf, stemmt die Hände in die Seite.

»Das ist doch albern.«

»Ich weiß«, sage ich, hebe die linke Hand.

»Bis dann.«

Julien und ich treffen uns am Platz gegenüber vom Gemeindehaus. In der Straße daneben wird gerade die Luft aus einer Hello-Kitty-Hüpfburg gelassen, braun gebrannte Väter haben kleine Mädchen mit dünnen Zöpfen auf den Schultern. Frauen räumen Schüsseln beiseite, drehen Limoflaschen zu, alte Leute lehnen einander zugewandt über Gartenzäunen.

Neben einem hässlichen, von der Sonne ausgeblichenen Roller steht Julien, hat einen Helm unter den Arm geklemmt, ein zweiter liegt auf dem Rollersitz.
Ich ziehe mein Kleid ein Stück runter, es erscheint mir zu kurz für Küstenstraßen und fünfzig km/h.
Wir stehen uns kurz etwas unentschlossen gegenüber.
Julien löst die Situation, greift meine Hand, schüttelt sie übertrieben förmlich, macht dabei ein Stummfilmgesicht.
Er sagt: »Hallo, schönen guten Abend«, diesmal auf Spanisch.
»Hallo«, antworte ich, lächle.
Ich freue mich unglaublich, ihn zu sehen.

Auf Juliens Roller steht in Achtzigerjahreschrift »Liberty«, ich bemerke es beim Aufsteigen.
Dass das der alte Roller seines Vaters sei, sagt Julien, er schon ordentlich was auf dem Buckel habe. Er erklärt, dass er schon, solange er denken könne, mit seiner Familie auf die Insel komme. Seine Großeltern hätten das Ferienhaus in den siebziger Jahren gekauft, es sei für ihn wie ein zweites Zuhause. Der Roller sei wahrscheinlich doppelt so alt wie er, sagt er.
Ich lächle gequält und tue so, als würde mich das Alter des Rollers, als würden mich seine Rostflecken und Dellen nicht beunruhigen, setze stattdessen möglichst lässig den Helm

auf. Er hat ein Visier und Neonstreifen an den Seiten, ich fühle mich wie ein Power Ranger im Strandurlaub.
Ungeschickt steige ich hinter Julien auf, versuche, niemandem meinen Schlüpfer zu zeigen. Dann zündet Julien den Motor, und es riecht nach Diesel und verbranntem Gummi.

In der ersten Kurve merke ich, dass der Roller getunt ist, rücke näher an Julien heran, presse meine Beine fester an seine.
»Keine Sorge«, ruft er gegen den Wind.
»Du musst dir keine Sorgen machen.«
Er hupt zweimal und lacht sich kaputt, weil ich mich jedes Mal erschrecke.

Julien und ich fahren Richtung Gebirge, fahren die Serpentinenstraßen entlang. Ich gebe mir Mühe, mir nicht anmerken zu lassen, wie viel Angst ich in den Kurven habe, tue so, als hätte ich mich schnell ans Rollerfahren gewöhnt. Es ist halbdunkel, als wir schließlich an einer Aussichtsplattform halten, die Zikaden trommeln und rasseln mit ihrem Chitin. Von weitem können wir das Kreuzfahrtschiff Symphony of the Seas am Hafen liegen sehen, es sieht aus wie ein umgestürztes Hochhaus. Aus seinem Hinterteil ragt eine violette Wasserrutsche wie ein riesiger Partystrohhalm.

Französisch bleibt die Hauptsprache, in der Julien und ich uns unterhalten.
Er sagt, die Insel funktioniere in Stufen, er habe das Ganze in seinen unzähligen Urlauben analysiert:

Oben in den Bergen würden die Reichen ihre Fincas haben. Als kleiner Junge sei er mal mit seiner Familie einen Freund von seinem Vater besuchen gewesen, der habe in einem riesigen Ferienhaus in einem der Bergdörfer gewohnt. Überall wären Zitronen gewachsen, groß wie Honigmelonen, um die Grundstücke herum wären hohe Zäune gebaut gewesen, überrankt mit Feigen und Wein. Sie hätten aufs Meer geschaut, Gambas gegessen und ohne Ende Guavensaft getrunken.

»Nach dem Essen haben die Erwachsenen eine dicke Zigarette geraucht, so wie wir jetzt gerade, und meine Schwester und ich sind mit vollen Bäuchen in den dunkelgrünen Pool gesprungen, der viereckig in den Berg geschlagen war.« Julien pult sich einen Tabakkrümel von der Zungenspitze, lächelt mich an.

Ich stelle mir für einen kurzen Moment vor, wie er als kleine menschliche Bombe auf einer türkisfarbenen Wasseroberfläche detoniert.

Natürlich gäbe es auch noch die Villen, die, ausgerichtet nach dem besten Ausblick, über den Hängen der grünsten Berge verteilt dalägen, mit Tennisplätzen, Heimkinos und unendlichen Pool-Anlagen. Manchmal fahre er an den Grundstücken vorbei, an den protzigen Karren mit den verdunkelten Fenstern, an den gläsernen Palästen, die aussähen, als wären Ufos zwischen den Olivenbäumen gelandet und als hätten sie nichts mit irgendwas Irdischem zu tun.

Je tiefer man komme, je näher dem Wasser, desto lauter, schmutziger und voller werde alles. Am Hafen brumme es, fließe der Lärm in jeder Gasse und Straße, gäbe es neben

dem ganzen Trubel kaum noch Platz für die Menschen, die eigentlich auf der Insel lebten. Manche Arbeiter und Arbeiterinnen würden auf Balkonen schlafen, weil sie sich kein Zimmer mehr leisten könnten, nachts ihre Schlafsäcke in verlassenen Bauruinen ausrollen und tagsüber in Luxushotels kellnern, die Rosenhecken der Reichen schneiden.
»Ich finde das abartig, richtig abartig.«
Julien nimmt einen Zug vom Joint, bläst mir den süßen Nebel ins Gesicht.
»Ich will später mal einen Job machen, der solche Ungerechtigkeiten angeht.«
Ich sage erst nichts, kann meine Bitterkeit dann doch nicht zurückhalten:
»Klar willst du das. Als ich so alt war wie du, habe ich auch gedacht, dass ich Dinge bewegen kann, Lösungen für das Leid in der Welt finden. Dass ich Ungleichheiten gleicher machen kann.«
Ich schlucke, das Gras steigt mir in die hintersten Ecken meines Schädels, es macht meine Gedanken spitz und gemein.
»Aber die meisten Dinge passieren einfach, und das wenigste kannst du ändern.«
Ich bin plötzlich traurig, sehr vorwurfsvoll, habe keine Ahnung, woher dieser Zynismus in mir kommt.
Julien sieht mich halb überrascht, halb wütend an.
»Du klingst, als ob du siebzig wärst. Du hast doch alles in der Hand, kannst immer noch Dinge ändern.«
Bevor ich noch etwas über Juliens Alter sagen kann und über die Erfahrungen, die er erst mal machen muss, über

Wünsche und Hirngespinste, legt Julien mir einen Finger auf den Mund, schnippt mit der anderen Hand den Joint ins Wasser.
»Ich bring dich jetzt besser nach Hause.«

*

In dieser Nacht liege ich mit weit aufgerissenen Augen da, starre an Bea vorbei an die Wand. Sie ist bedeckt mit Schatten von Bäumen, von dem Metallzaun auf der anderen Straßenseite. Von irgendwoher flackert ein rotes Licht herüber. Mein Magen brennt, als hätte ich ein glühendes Unterwasserwesen verschluckt, meine Zunge liegt viel zu groß in meinem Mund, ist von einem trockenen Pelz überzogen.
Bea murmelt etwas im Schlaf.
Irgendwann erscheint etwas Helles am Rande meines Blicks, ein kurzes Aufleuchten. Ich greife, ohne richtig hinzuschauen, nach meinem Handy.
Die Nachricht ist von Paul.

*

Ich notiere:
Eine aufgeblasene Ente, grotesk, groß wie ein Paddelboot, neben ihr der Hafen.
Eine Tochter, die lange ihre Mutter umarmt, die nackten Oberkörper der beiden kleben sonnenwarm aneinander. Die Brustwarzen der Mutter sind dunkel, fast schwarz, groß wie Pflaumen.

Ein alter Mann, der aussieht, als sei er mal stattlich gewesen, inzwischen ist er verrutscht, faltig, seltsam gedrungen und mit dicken Goldketten behangen. Neben ihm liegt seine Freundin, sie ist etwa so alt wie Bea und ich.
Drei wahnsinnig blonde Geschwister, androgyn, die mit sehr ähnlichen Gesichtern abwesend aufs Wasser starren, dabei Pommes essen.
Eine Muschel, die aussieht wie ein Lilienblatt, ich halte sie lange, fast andächtig in den Händen.
Eine dicke Frau mit einem Schwimmring in Donut-Design – angebissen.

Der nächste Tag ist wieder stoisch heiß, die Farbpalette die gleiche wie vorher. Knallige Farbflecke aus Lycra, Spandex, Frottee sind über den hellen Streifen Sand verteilt, in den Dünen wächst dem Strand ein grüngrauer Bart. Das Meer schwappt matt gegen Kinderfüße, Schwimmhilfen, Wasserbälle.
Bea ignoriert meine schlechte Laune, meine Wortkargheit, zieht unseren Sonnenschirm an einem Seil fest wie ein Segel, wickelt es ein paarmal mit geschickten Bewegungen um das knarrende Metall, hat dabei ihre Zungenspitze zwischen den Zähnen.
Dann schaut sie mich fröhlich an, stellt mir eine Tupperdose mit Gemüsestreifen hin.
»Vielleicht solltest du ein paar Vitamine zu dir nehmen.«
Ich weiß, dass sie aus meiner Laune schließt, dass das Treffen mit Julien schlecht gelaufen ist.
Es ärgert mich, dass sie recht hat.

Um meine Ruhe zu haben, stecke ich mir ein Stück Gurke in den Mund.
Bea schiebt sich zwei Möhrenstreifen unter die Oberlippe, hebt beide Daumen.
Sie sieht aus wie eine freundliche Säbelzahntigerin.

Bea bittet die älteren Damen neben uns am Strand, einen Blick auf unsere Sachen zu werfen, es ist das erste Mal, dass wir gemeinsam ins Wasser gehen.
Bis zur Sandbank können wir durchlaufen, dann beginnt Bea zu schwimmen.
Sie sieht schön dabei aus, macht kräftige, gleichförmige Züge, bewegt den Kopf in einem ruhigen Rhythmus. In kurzer Zeit legt sie auf diese Art eine weite Strecke zurück.
Ich schwanke zwischen Bewunderung und Sorge, traue mich selten in Gewässer, in denen ich nicht mehr stehen kann. Auch heute nicht. Stattdessen lasse ich mich auf dem Rücken treiben, tauche mit der Hälfte meines Gesichts ab, spüre den leichten Wellenschlag an meiner Kopfkrone.
Über mir schwebt eine Möwe, sie sieht aus wie ein Greifvogel.

Ich erinnere mich an einen Sommer, als wir noch Kinder waren, gerade noch. Vielleicht waren wir elf, zwölf Jahre alt. Bea und ich fuhren mit den Rädern zum Baggersee. Er lag oval, flach und umgeben von einem künstlich aussehenden Grün am Rande des Örtchens, in dem wir wohnten. Dünne Birkenstämme markierten die Grenze zur Hauptstraße, der Parkplatz nebenan war dreimal so groß wie der Strand.

Ein gelangweilter Teenager stand mit einem Eiswagen schräg gegenüber von der Bushaltestelle, die Am Trubelweiher hieß. Er zählte unsere Münzen demonstrativ langsam.
Bea und ich kauften ihm jede ein Solero Shot ab, schütteten uns die hellgrünen Kugeln beim Laufen in den Rachen, zerkauten sie gierig. Der grasige Strand war fast leer, es war ein relativ kühler, sonnenloser Sommertag.
Wir entschieden uns für einen Liegeplatz schräg links, nicht weit weg von der Straße.
Bea war gerade dabei, ihre orangefarbene Luftmatratze aufzublasen, als sich ein Mann im Alter unserer Väter neben uns niederließ.
Er trug eine enge Badeshorts mit Jeans-Print, dazu eine verspiegelte Sonnenbrille und einen Kinnbart, war an den Schultern und auf der Brust stark behaart. Auf dem Kopf hatte er dafür nur noch wenig Haare.
Bea und ich warfen uns einen schnellen Blick zu, sie schnitt eine Grimasse, und ich kämpfte gegen den Impuls, zu lachen.
Eine Weile starrte der Mann einfach nur aufs Wasser, wir hatten ihn nach kurzer Zeit vergessen. Ich verteilte Sonnenmilch auf meinen Schultern, auf meinen spitzen Knien, schloss meine Augen und verrieb die weiße Paste lange in meinem Gesicht. Als ich meine Augen wieder offnete, bemerkte ich den Blick des Mannes. Er sah mich eindringlich von der Seite an.
Bea war inzwischen im Wasser, trieb als orangefarbener Streifen auf der Mitte des Sees.
Aus Trotz hielt ich dem Blick des Mannes stand. Ich habe erst viel später verstanden, dass das selten abschreckt, son-

dern meistens als Aufforderung zur Interaktion verstanden wird.

Na, sagte er.

Ob ich eine rauchen wolle?

Er warf mir eine Schachtel *Marlboro* rüber.

Ich war überrascht, interessiert. Mir hatte noch nie jemand eine Zigarette angeboten, es schien mir eine Geste der Anerkennung zu sein.

Für einen Moment fragte ich mich, wie meine Mutter reagieren würde, wenn sie mich mit Zigarette sähe. Stellte mir ihren Gesichtsausdruck vor: halb mahnend, halb amüsiert. Dann schüttelte ich ungelenk eine Zigarette aus der Schachtel, steckte sie mir zwischen meine Kinderlippen.

Der Mann lehnte sich umständlich in meine Richtung und gab mir Feuer.

Der Rauch rann heiß und scharf in meine Lungen, ich tastete den Geschmack ab, spürte den ersten Zügen nach.

Die Zigarette schmeckte mir überraschend gut.

Der Mann lachte heiser, sagte:

»Na, so was, du rauchst ja wie ein Profi.«

Sein Lob gefiel mir, ich versuchte, lässig abzuaschen.

Es gelang mir nur halb.

»Bist wohl schon ein bisschen weiter als andere Mädchen in deinem Alter, kann das sein?«

Er drehte sich noch weiter in meine Richtung, klang außer Atem.

Bis dahin hatte ich vor allem nach vorne geschaut, bewusst nicht mehr zu ihm rüber. Jetzt schaute ich erneut in seine Richtung.

Seine Wangen waren rot, sein Blick glasig, sein Mund war leicht geöffnet.
Er hatte eine Hand in seine Badehose geschoben, rieb sich seinen erigierten Penis, es sah aus, als würde er versuchen, ihn auszuwringen.
Der plötzliche Schreck, die Scham und die Angst versteinerten meine Gliedmaßen, ich hielt unfreiwillig einen Atemzug voll Zigarettenqualm in meiner Lunge.
Mir wurde schwindelig.

»Was machen Sie da?«
Beas Stimme klang schrill vom Ufer, sie hielt die Luftmatratze wie einen Speer in der rechten Hand, Wasser tropfte bedrohlich von ihrer Stirn.
»Sie altes Ferkel!«
Der Mann rappelte sich ungelenk hoch, die Hand noch im Schritt, sah uns nicht mehr an, stolperte stattdessen eilig in Richtung Parkplatz davon.

Bea ließ sich neben mich fallen, musterte mein bleiches Gesicht und zog dann eine Zigarette aus der Schachtel, die der Mann vergessen hatte.
Sie paffte, sah in den Himmel, blies mir Rauch ins Gesicht.
»Schmeckt wie ein verbrannter Furz.«
Wir kicherten.

Zurück bei unseren Sachen, sind die alten Damen verschwunden und mein Bargeld auch. Mein Telefon haben sie zurückgelassen.

Bea war schlauer und hat ihre Wertsachen in eine leere Kartoffelchipsdose getan.
»Wer hätte gedacht, dass unter den grauen Löckchen so viel kriminelle Energie steckt«, sagt sie nicht ohne Anerkennung.

*

Später macht Bea Fotos von Steinen, von Straßenschildern, vom Meer.
Sie schickt Selfies von uns nach Hause, auch an meine Mutter, versichert mir, dass sie mir alle Bilder später weiterleitet.
Wieder haben wir die Arme voller Einkäufe, sind auf dem Weg in die Unterkunft. Bea versucht, eine Möwe auf einem Poller zu fotografieren, der Vogel schaut misstrauisch, hüpft ein paar Meter davon, krächzt vorwurfsvoll.
»Können wir uns ein bisschen beeilen?«, frage ich ungeduldig.
Bea lässt ihr Handy sinken, stemmt die Hände in die Seite, sieht mich streng an.
»Ich möchte ein paar Erinnerungen festhalten für später, wenn wir alte Tanten sind. Damit wir zurückblicken können auf diesen tollen Urlaub, auf diesen Supersommer, auf unsere geile Freundschaft.«
Sie klingt ein bisschen wütend.
Ich seufze, schaue müde aufs Wasser. Dann klatsche ich zweimal scharf in die Hände. Der Vogel erschrickt, fliegt majestätisch in den blauen Himmel, und Bea drückt im perfekten Moment ab.
»Danke schön.«

*

Die nächsten Tage sind gleichförmig und unaufgeregt. Bea und ich haben uns eine Routine aus Frühstück, Strand, Siesta, Strand, Abendbrot, Rotwein und Bett angewöhnt, sie lässt kaum Zeit für andere Dinge.

Wir reden wenig, müssen nicht reden, kennen die Gedanken der anderen gut genug.

Am Strand lese ich stur gegen die Sonne an, mit angezogenen Beinen unter dem windschiefen Sonnenschirm, habe mein Handy tief in meiner Tasche vergraben, schaue trotzdem ständig drauf.

Im Meer ziehe ich unbeholfene Bahnen, versuche es ab und zu noch mal mit dem Unterwasserbleiben.

Scheitere.

Stattdessen suche ich nach Quallen, Algen, alten Pflastern, einzelnen Kindersandalen, finde nichts. Das Wasser bleibt türkisblau und unerträglich klar.

*

Eva sagt, dass heute die Party des Jahres startet. Sie hält kurz inne beim Meloneschneiden, als wir nachmittags in die Küche kommen. Saft tropft rosarot vom Messer. Manchmal gäbe es eine richtige Band, ab und zu DJs, so oder so sei die Stimmung super. Einfach mal wieder zu ABBA tanzen, die Seele baumeln lassen an der Strandbar.

Bea schaut mich erwartungsvoll an, wiederholt mit großer Dringlichkeit: »Strandbar.«

Ich zucke mit den Achseln.
Sage: »Okay.«
Es ist mir egal.
Bea klatscht in die Hände, und sie und Eva beginnen lachend zu einem imaginären Sommerhit mit den Hintern zu wackeln.

*

Paul und ich telefonieren vereinzelt, immer am frühen Abend, immer ist er müde, erzählt von dem gleichen Tagesablauf, nur minimal verschieben sich die Parameter.
Der Ablauf ist mir sehr vertraut, die Gleichförmigkeit, die Überforderung, die Unterforderung, die Müdigkeit. Ich empfinde eine seltsame Genugtuung, als ich höre, wie erschöpft er ist.
Im Gegenzug erzähle ich Inselgeschichten. Auch sie haben einen Rhythmus, der sich um Essen und Schlafen dreht, immer wiederholt.
Julien erwähne ich nicht.

*

Später beobachte ich Bea dabei, wie sie sich einen Zopf einmal um den Kopf herum flicht, bin ganz beeindruckt von ihrem Geschick. Sie schaut mit konzentriertem Blick in den Spiegel, hat die Augenbrauen hochgezogen, ein paar Haarspangen zwischen den Zähnen.
Ob das schwer ist, frage ich. Bea schaut mir im Spiegel di-

rekt ins Gesicht. »Nicht schwerer als alles andere«, sagt sie, sieht irgendwie mitleidig dabei aus. Es ärgert mich.
Mit einer Schmetterlingsspange vollendet sie ihren Kranz, sprüht eine Wolke Haarspray über ihren Schädel, mit der Routine eines Vegas-Showgirls. Dann kommt sie zu mir auf die Bettkante des Queensize-Betts, nimmt eine Handvoll meiner Haare, hält sie zur Inspektion in die Abendsonne, sie scheint orangewarm durch das Bündel.
»Die sind gut so, wie sie sind«, sagt sie. »Bloß ein bisschen trocken.« Sie beginnt ein Haaröl in meinen Haarspitzen zu verteilen, massiert es mit den Fingern ein. Ich weiß nichts zu erwidern.
Der Moment riecht nach Drei Wetter Taft und Tropenfrüchten.

*

Man hört keine Musik, als wir langsam durch den Hafen zum Strand laufen. Kurz hoffe ich, dass wir nicht richtig sind, dann biegen wir am Restaurant Nauticus um die Ecke, und schon sehen wir sie: die Party des Jahres. Ein schmaler Streifen Tanzender in pastellfarbenem Leinen wippt zur Musik, die abgehackt durch die Luft weht, manche haben Blumenketten um den Hals und im Haar. Das Motto des Abends ist offensichtlich Flower-Power, siebziger Jahre, sich locker machen. Bea sieht glücklich aus.
Wir kaufen zwei neonorangefarbene Bons, auf denen in Blockschrift COMBINADO gedruckt ist, bekommen sie von einem Mädchen, das aussieht wie zwölf und dabei sehr

routiniert und professionell genervt ist. Der Barkeeper nebenan gibt uns für jeden Bon einen Gin Tonic, sie sind unglaublich stark.
Es braucht nur wenige Minuten, und Bea und ich müssen grundlos lachen, es läuft sich schwerer im Sand.

Wir drehen eine kleine Runde, beobachten:

Zwei Mädchen, die selbstvergessen Rad schlagen, ihre Haare schleifen wieder und wieder über den Boden.
Ein Paar im Alter unserer Eltern, das Cha-Cha-Cha zu »Losing my Religion« tanzt.
Möwen, die hoffnungsvoll zwischen Cocktailschirmchen und Eispapier herumstehen.
Größere und kleinere Grüppchen aus spanischen, deutschen, holländischen, französischen Familien und Bekannten. Ein sehr betrunkener Brite mit Sierra-Tequila-Sombrero.

Wir lassen uns schwer in den Sand fallen, teilen uns seit Jahren mal wieder eine Zigarette. Bea drückt auf den Ball im Filter, es knackt. Dann schmeckt der Rauch nach Apfel und Minze. Der billige Alkohol macht mich sentimental, ich greife kurz Beas Hand. Sie lächelt zufrieden.
Der DJ reibt eine CD an seinem T-Shirt glatt, ich kann es kaum glauben. Sage: »Bea. Ein echter Discjockey, das ist doch nicht zu fassen.« Bea lacht Rauch aus der Nase.
Wir gehen tanzen.

Irgendwann sehe ich Julien in der Menge, bin kurz erschrocken. Er tanzt mit einem Freund, der aussieht wie ein Neunziger-Jahre-Raver, platinblond, schlaksig, sehr groß. Er trägt ein fliederfarbenes Hemd, zur Hälfte aufgeknöpft. Sie halten sich an den Händen, Julien gibt die Richtung, die Geschwindigkeit vor.
Die beiden sehen selbstsicher aus, albern und glücklich. Sie haben keine Getränke in den Händen wie wir, müssen sich anscheinend nirgendwo festhalten.
Ich bin erschüttert.
Bea stößt mir in die Seite.
Denk nicht mal dran.
Sie muss es nicht schreien, ich höre ihre Stimme deutlich in meinem Kopf, sehe die Warnung in ihrem Blick.

Ich kann trotzdem nicht aufhören, Juliens Rücken anzugucken, die Gruppe um ihn herum. Es sind ungefähr fünfzehn Jungs und Mädchen, junge Männer und Frauen. Sie tanzen übermütig, sehen alle aus, als ob sie sich schon ewig kennen. Wahrscheinlich gehören die meisten von ihnen zu den umstehenden Familien, anders kann ich mir nicht erklären, warum sie keinen Alkohol trinken, wo ihre Becher sind.
Ein Mädchen in sehr kurzen Jeansshorts, mit sehr braunen Beinen tanzt dicht neben Julien, sieht ihn genau wie ich unverwandt an.

Ich schwinge mit den Armen, drehe mich ein paarmal im Kreis, falle fast hin. Schließlich bemerkt er mich, ich sehe ihn aus den Augenwinkeln innehalten. Er zieht seinen

Freund zu sich rüber. Sie reden kurz, dann zuckt der Raver die Schultern. Im nächsten Moment sind sie verschwunden.

Ich fühle mich plötzlich alt, schwer, bemerke, dass mein Kleid hinten zwischen meinen Oberschenkeln zusammenklebt. Bea tanzt mich schräg von der Seite an, so lange, bis es unangenehm wird und ich mitmache.
Eine dicke Decke Müdigkeit legt sich auf meinen Blick, Scham zieht an meinen Mundwinkeln.
Dann tauchen Julien und sein Freund neben dem DJ auf, die drei begrüßen sich wie alte Bekannte. Der DJ kramt in seiner Tasche.
Die ersten Takte »Le Sud« von Nino Ferrer beginnen, und innerhalb von wenigen Augenblicken hat sich eine Traube tanzender älterer Damen und verlegen schauender Herren auf der Tanzfläche gebildet.

Un jour ou l'autre il faudra qu'il y ait la guerre
On le sait bien
On n'aime pas ça, mais on ne sait pas quoi faire
On dit c'est le destin

Tant pis pour le Sud
C'était pourtant bien
On aurait pu vivre
Plus d'un million d'années
Et toujours en été.

Julien und sein Freund stehen rechts und links vom DJ, wiederholen wieder und wieder die gleichen Armbewegungen, bis ein paar Kinder in der ersten Reihe mitmachen. Dann ein paar ältere Damen, schließlich sind fast alle auf der Tanzfläche, selbst Bea.
Als sich unsere Blicke treffen, macht Julien immer noch die gleichen Bewegungen und wiegt dabei ausladend mit den Hüften nach links und rechts.
Wir müssen beide so sehr lachen, dass ich sicher bin, mir jeden Moment in die Hose zu machen.

»Hast du gesehen, sie haben alle getanzt für dich«, sagt Julien, als er später vor mir steht.
Ich habe immer noch ein breites Lächeln im Gesicht, nicke lange.
»Das war beeindruckend.«
Julien macht eine kleine Verbeugung, bedankt sich.
Kurz schweigen wir, dann überwinde ich mich und sage: »Tut mir leid. Tut mir leid, dass ich so eine bittere alte Ziege war.«
Ich zwinge mich, Julien in die Augen zu sehen.
»Ich bin sicher, dass du die Dinge ganz genauso machen wirst, wie du sie machen möchtest.«
»Das ist verdammt richtig«, sagt Julien und zieht mich zurück auf die Tanzfläche.

*

Ich versuche zu notieren:
Eine beeindruckend lange Polonaise, angeführt von zwei älteren Damen mit runden, bunten Sonnenbrillen. Sie kommen mir vage bekannt vor.
Der Sierra-Tequila-Brite, schlafend. Kinder haben ihn bis zum Hals eingegraben, eine lange Meerjungfrauenflosse aus Sand zu seinen Füßen geformt.
Bea und der Raver, die versuchen, Julien an den Armen und Beinen ins Meer zu schmeißen.
Die Zwölfjährige, die Kassensturz macht.
Möwen, die in Erbrochenem herumpicken.

*

Später gehen Bea und ich im helldunklen Morgen nach Hause, sind immer noch ziemlich betrunken. Trotzdem sitzt Beas Haarkranz perfekt.
Wir haben uns schwer untergehakt, jede hat ein staubiges Bündel Rosmarin vom Straßenrand in der Hand, ein Estrella in der anderen. Bea prustet immer mal wieder los, ich habe ein träges breites Lächeln im Gesicht.
Dann klingelt es hinter uns.
Der Typ ist ein, zwei Jahre älter als Julien. Er fährt auf einem BMX-Rad, hat ein Shirt in Neongelb an, dreht Kreise auf der leeren Straße.
Er sieht uns unverwandt an.
»Was macht ihr?«, fragt er auf Englisch und kaut Kaugummi mit dem ganzen Gesicht.
Ob wir wüssten, wo jetzt noch was los sei.

Bea deutet mit dem Rosmarin in Richtung Strand. »Da ist jetzt noch ein bisschen Party«, sagt sie, streicht sich eine Strähne aus dem Gesicht. Der Typ fährt auf Bea zu, bleibt schräg neben ihr stehen, etwas zu dicht.

Wie immer in solchen Situationen stelle ich eine schnelle Kalkulation auf – Körpergröße, Gewicht, sichtbare Muskelkraft, wie stark fühle ich mich?

Wie immer fällt die Kalkulation für mich ungünstig aus.

Bea fragt unterdessen: »Wie heißt du?« Sie selbst sagt, dass sie Melly heiße, immerhin. Der Typ sagt: »Arthur«, hält ihr eine Hand entgegen. Bea schüttelt sie einen Moment zu lange.

Ich bin überrascht, so überrascht, dass ich meinen richtigen Namen sage, als Arthur nach meiner Hand greift.

Ob wir mit ihm mitkommen, ob wir nicht mitfeiern wollen? Arthur sieht Bea eindringlich an. Kurz schaut Bea in Richtung Meer, in Richtung Hafen und Party. Dann sieht sie mich an und macht ein seltsam dringliches Gesicht.

Ich schaue möglichst blank zurück.

Sie scheint sich an was zu erinnern, sagt, dass das nicht ginge. Aber dass es da unten am Strand ohne Ende Mädels gäbe. Sie sagt »Girls«, klingt dabei wie aus dem Neunziger-Jahre-Musikfernsehen, betont das Wort zu lang in der Mitte. Kein Grund, hier mit den Omas abzuhängen.

Arthur schnalzt mit der Zunge, schaut Bea noch mal lange an, dreht dann um auf seinem Hinterrad und fährt in weiten Bögen davon.

Wir schauen ihm einen Augenblick lang hinterher.

»Er sah gut aus«, sagt Bea.

»Findest du nicht, dass er gut aussah?«
Ich antworte nicht.

*

Beim Einschlafen erinnere ich mich an einen Abend mit Bea, vielleicht waren wir dreizehn, vierzehn.
Ein Junge aus unserem Jahrgang hatte Geburtstag gefeiert, es war das erste Mal überhaupt, dass wir zu einer Party eingeladen waren. Bea war irre aufgeregt, wir hatten uns stundenlang frisiert und geschminkt, so wie wir es aus den Zeitschriften kannten: Eyeliner, Wimperntusche, tiefschwarz und dick aufgetragen. Unsere Haare hatten wir gekreppt, silberne Spiralenspängchen in ihnen verteilt, unsere Lippen mit einer Gloss-Schicht mit Vanillegeschmack versiegelt. Wir trugen Jeans, deren Bünde an den Hüftknochen hingen, sehr kurze Tops, bedruckt mit dem Logo einer alten Band, deren Musik wir eigentlich nicht richtig kannten.
Meine Mutter hatte uns von oben bis unten gemustert, als wir aus dem Badezimmer traten, einen kurzen Moment meinen Blick gehalten.
Als Thorsten etwas sagen wollte, schon in einer halben empörten Bewegung dabei war aufzustehen, legte sie bloß eine Hand auf seinen Arm und sagte sehr bestimmt:
»Viel Spaß.«

Die Party war ein paar Straßen weiter weg, wir konnten hinlaufen. Im Laternenlicht unserer piefigen Siedlung hatte Beas Gesicht grünlich ausgesehen, nachdenklich.

Dass es jetzt losgehe, sagte sie. Das Leben. Dass es jetzt so weit sei.
Sie hat mich mit einem Schimmern in den Augen angesehen, feierlich, grimmig. Ob ich auch denke, dass jetzt endlich mal was passiere?
Ich zuckte mit den Achseln, sagte dann: »Wahrscheinlich.«

Wer denn die Dicke und Pippi Langstrumpf eingeladen habe, fragte Ole, als wir kurze Zeit später im Wohnzimmer auftauchten.
Die meisten anderen waren schon da.
Tina lachte laut. Nachdem Alina die Schule verlassen hatte, galt sie als das schönste Mädchen des Jahrgangs, wurde von den meisten bewundert.

Bea hatte sich schon ein paar Jahre vorher abgewöhnt, Konflikte mit Kraft zu lösen, es hatte einen ausgeschlagenen Zahn, viele Prellungen und einen Tadel gedauert – inzwischen war Schlagfertigkeit ihre Hauptverteidigungsstrategie geworden.
Kurz flackerte eine Regung über ihr Gesicht, die vermutlich nur ich wahrnahm und kannte, dann sagte sie kühl:
»Pippi und ich sind hier, um ein bisschen Spaß zu haben mit euch Schnarchnasen.«
Sie zog den Kräuterschnaps aus dem Rucksack, den wir ein paar Tage vorher mühselig aus dem Alkoholregal ihres Vaters entwendet hatten, nahm einen kräftigen Schluck direkt aus der Flasche. Dann drehte sie den Regler der Musikanlage nach oben.

Ein paar Leute johlten, ich ließ mich schwer auf ein Ledersofa sinken.

Bea tanzte, grölte, lachte am lautesten von allen. Ich sah ihr vom Sofa aus zu, fühlte mich rothaarig und langweilig, nippte unmotiviert an meinem Drink (Orangensaft mit Blue Curaçao), wollte eigentlich bloß nach Hause.
Ein Junge aus der Nachbarklasse setzte sich neben mich.
Er trug einen großen Kapuzenpullover, eine schwarz gerahmte Brille, hatte einige Pickel im Gesicht und war schon ziemlich betrunken. Dass er Kai heiße, sagte er und fragte nicht nach meinem Namen. Dass die Party ziemlich scheiße sei, hier nur öde Weiber rumhängen würden.
Ob ich auch öde sei?
Ich sah kurz in Kais glasige Augen, warf einen Blick zu Bea, erinnerte mich an ihre Worte, erinnerte mich daran, dass es jetzt losginge.
Dann schüttelte ich den Kopf.

Kai und ich gingen in das Zimmer des Gastgebers,
im Vorbeigehen gab er einem anderen Typen High Five, ich versuchte, niemanden anzusehen.
An den Jugendzimmerwänden hingen Poster von halbnackten Frauen mit runden glänzenden Brüsten, auf dem Nachttisch stand eine Lavalampe, jemand hatte demonstrativ Billy-Boy-Kondome danebengelegt.
Kai ließ sich aufs Bett fallen, klopfte großväterlich auf die BVB-Bettwäsche, und ich schob mich langsam neben ihn. Mein Herz klopfte gegen Kehle und Schlüsselbein.

Er kam ziemlich schnell zur Sache, steckte mir seine Zunge in den Mund, die sich anfühlte wie eine aufgequollene feuchte Erdbeere, außerdem hatte er anscheinend im Laufe des Abends einen Döner gegessen.
Mir wurde etwas übel, ich ließ es mir nicht anmerken.
Erst schob er eine Hand unter mein Top, dann meine Hand zu seiner Hose, durch den Reißverschluss hindurch.
Unbeholfen griff ich nach seinem kleinen harten Penis, wusste erst nichts damit anzufangen, erinnerte mich dann an die naheliegendste Handbewegung. Sie schien für Kai zu funktionieren. Er stöhnte, wühlte sich in meine Hose, grub einen Finger in mich hinein, stieß in einem plumpen Rhythmus zu. Ich versuchte mich so zu drehen, dass er nicht allzu viel Schaden anrichten konnte, meine Hand begann wehzutun.
Es war zum Glück schnell vorbei. Ich wischte meinen Handrücken an der Bettdecke ab, Kai atmete lange aus, drehte sich zur Seite und schlief abrupt ein.

Ich lag eine Weile da, beobachtete das Wachs in der Lavalampe dabei, wie es immer wieder aufstieg und hinabfiel.
Kai schnarchte, und ich fühlte mich wund.
Irgendwann steckte jemand den Kopf durch die Tür und sagte, dass Bea am Kotzen sei.

Ich brachte Bea zu mir nach Hause. Schwer auf mich gestützt hing sie da, roch nach 56 Kräutern und Magensäure.
Als wir in meinem Flur standen und ich versuchte, sie aus ihren Schuhen rauszubekommen, fing sie plötzlich an zu lachen und ließ sich nicht beruhigen.

»Bea, du musst leise sein«, flüsterte ich verzweifelt.
Sie sah mir glücklich schielend ins Gesicht, lachte noch lauter.
Ich stand hilflos mit einem ihrer Schuhe in der Hand da, wiederholte bettelnd ihren Namen. Mir war zum Heulen zumute, ich war unendlich müde.
Plötzlich stand Thorsten in der Wohnzimmertür, er musste wach geblieben sein. Meine Mutter schien schon zu schlafen.
Erst schaute er mich mit einem kontrollierenden Blick an, musterte meine kajalverschmierten Züge. Schließlich fixierte er Bea.
Mit viel Speichel zwischen den Zähnen sagte sie: »Hallo, Thorben.«
Er atmete lang aus, rieb sich die Augen hinter der Brille, sagte: »Hallo, Bea.«
Wir trugen Bea gemeinsam in mein Zimmer, Thorsten stellte einen Eimer neben das Bett, eine Küchenrolle.
Sagte schließlich: »Sie muss viel Wasser trinken.« Und: »Mama sollte davon besser nichts erfahren.«

*

Das Licht des nächsten Tages ist um viele Nuancen zu weiß. Die Insel scheint von Tag zu Tag heißer zu werden, je näher wir dem Juli kommen.
Ich muss direkt nach dem Aufwachen meine Sonnenbrille aufsetzen, meine Bewegungen sind langsam und schwer. Bea liegt neben mir im Bett wie von einem Kometen er-

schlagen, die Luft um sie herum riecht chemisch. Als ich aufstehe, macht Bea einen Laut wie ein verendendes Tier, murmelt etwas. Es braucht einen Moment, bis ich sie verstehe, dann sage ich: »Eine Cola, klar. Kein Problem.«

In der Küche ist Eva damit beschäftigt, Basilikum auf einen rot-weißen Ring Tomate-Mozzarella zu verteilen, man sieht ihr keine Partynacht an. Ohnehin kann ich mich nicht daran erinnern, sie und Rolf gesehen zu haben.

Ich nuschle: »Guten Morgen«, Eva wirft einen vieldeutigen Blick auf die Küchenuhr, es ist weit nach Mittag. Dann lacht sie fröhlich, greift mir in die Taille und nennt mich Schlafmütze.

Überfordert von so viel Interaktion, stecke ich meinen dröhnenden Schädel in den Kühlschrank, suche zwischen Kochschinken, Früchtejoghurt und Frischkäseecken nach einer Dose Limonade für Bea, finde immerhin eine Fanta.

Für einen Moment stehe ich unentschlossen da, frage schließlich doch: »Wart ihr gar nicht auf der Strandparty gestern?«

Evas Lächeln wird eine Nuance schwächer, sie hält in einer Zupfbewegung inne, verteilt dann umso energischer Blätter auf dem Ring.

Dass ihr und Rolf nicht so nach Tanzen gewesen wäre, sie es sich stattdessen bei einem schönen Glas Wein auf der Terrasse gemütlich gemacht hätten.

Aber ob es nicht ganz großartig gewesen war, ein wunderbarer Abend für Bea und mich?

Ich nicke langsam, halte mir die Dose an die Schläfe.

Mir wird schlecht von der Kälte, die in mein Kopfinneres dringt.
»Die ersten dieser Partys sind sowieso die schönsten«, sagt Eva und schaut mir nicht mehr ins Gesicht. »Danach ist alles nur noch Wiederholung.«
»Danach ist alles nur noch Wiederholung.«

Bea bleibt den Tag über im Bett, hebt den Kopf nur an, um ein paar Chips zu essen, einen Schluck warme Fanta zu trinken. Sie wirft mir einen Blick zu, als hätte ich sie gewaltsam zum Alkoholtrinken gezwungen.

Mir geht es irgendwann besser, ich setze mich mit einer Tasse Kaffee auf die Terrasse, versuche ein Buch zu lesen. Von Rolf und Eva ist nichts zu sehen.
Ich schaue auf die Veranda des Nachbarhauses, bunte Wäsche weht schwach im Wind. Es riecht nach Lavendel und Desinfektionsmittel. Die Nachbarinnen und Nachbarn sind nicht zu sehen, dafür dringen akustische Fetzen eines spanischen Radioprogramms durch die Terrassentür.
Ich kann mich nicht aufs Lesen konzentrieren, muss die Worte vor mir
wieder
und wieder
und wieder
und wieder
und
wieder
und   wieder

und wieder
und wieder
und wieder
und wieder
und wieder
lesen, die Sätze ergeben keinen Sinn.
Irgendwann gebe ich auf, greife nach meinem Handy.

*

Julien steht mit zwei schmelzenden Softeistüten neben seinem Roller, schlürft gerade eine Ladung weiße Creme von seiner linken Hand, als ich ihn begrüße.
»Na.« Er drückt mir die klebrige Waffel in die Hand, nennt mich Señorita und klingt dabei erstaunlich wenig peinlich.
Ob ich ausgeschlafen hätte, ob es mir gut ginge?
Ich lächle müde, nicke, lecke an der Vanillepampe, sage Danke und erwähne nicht, dass ich Softeis schrecklich finde.
Dass es mich an endlose, langweilige Sommerurlaube in Dänemark mit meiner Mutter und Thorsten erinnert,
Urlaube auf anderen kälteren Inseln,
die Rømø hießen oder Fanø.
An Thorsten in regenabweisender Freizeitkleidung,
der mir Vogelfedern, Muscheln und Treibholz entgegenhält,
mit roten Wangen und einem fröhlichen Gesichtsausdruck.
An Nordseestrände, die bei Ebbe aussahen wie graue, nasse Wüstenlandschaften.
An eine ständig laufende kalte Nase, Wollsocken und Kniffelabende.

An meine Mutter, die mit spitzen Fingern Krabben pult, dabei immer mal zu mir hochschaut – ungläubig, angewidert, glücklich.
An Urlaube, die nur dann erträglich waren, wenn Bea dabei war.

Julien fragt, ob wir zu einer kleinen Bucht fahren sollen, dass es da weniger heiß sei um die Uhrzeit als am Hauptstrand, es zwar keinen weißen Sand gäbe, dafür aber auch weniger Gedränge, Krach, Menschen.
Natürlich bin ich mit allem einverstanden, werfe den letzten Bissen nasse Waffel in den Mund. Diesmal greife ich den Rollerhelm mit betonter Selbstverständlichkeit, trage kein Kleid, sondern eine kurze Hose, ich werde in keiner Kurve Angst haben.
Ganz sicher nicht.

Nach zwanzig Minuten Fahrt erreichen wir einen unscheinbar aussehenden Parkplatz, mein Herzschlag beruhigt sich nur langsam.
Wir verlassen den befestigten Weg, müssen über einen rostigen Zaun klettern, kraxeln einen steinigen Weg entlang in Richtung Wasser. An den größten Steinbrocken muss ich Pause machen, halte mich mühsam fest, bleibe ständig mit meinen Flipflops irgendwo hängen. Mein Badeanzug scheuert unter meinem T-Shirt, reibt mir Striemen in meine Achseln. Mein Schweiß vermengt sich mit Sonnencreme zu einem klebrigen Film.
Schon wieder bin ich nicht richtig angezogen für den Ausflug.

Julien springt vor mir umher wie eine junge Bergziege, dreht sich immer mal um, sieht ziemlich zufrieden mit sich aus. Er hat unsere Handtücher unter die Arme geklemmt, ein großes Stück Melone in einem Beutel am Handgelenk baumeln, eine Tüte mit Bierdosen am anderen.
Natürlich trägt auch er Flipflops.
»Du hast es gleich geschafft, du wirst es nicht bereuen«, ruft er.
Kurz glaube ich ihm nicht, dann schieben wir uns durch eine dichte, scharfe Hecke hindurch, und das Meer erscheint vor uns:
ein tiefes, dunkles Blau, gerahmt von bräunlich orangen Felsen, sattgrünen Bäumen.
Alles um uns herum summt, scheint durch die Mittagshitze aufgeladen.
Mir bleibt kurz der Atem weg von dem Anblick, ich vergesse zu schwitzen.

Ich notiere:
Ein sehr altes Ehepaar mit schneeweißem Haar in altmodischer, wunderschöner Bademode (keine Ahnung, wie sie es den Steinweg hinunter geschafft haben, vielleicht sind sie hergeschwommen).
Julien, der immer wieder einen Handstand unter Wasser übt, irgendwann lange verschwunden ist,
schließlich mit einem Seeigel wieder auftaucht, sehr stolz.

Dinge, die ich zwischen den Steinen gefunden habe:
eine glatt geschliffene rosafarbene Glasscherbe,

etwas, das wie ein Milchzahn aussieht,
sehr viele Kronkorken,
eine ausgeblichene Playmobil-Krankenschwester ohne Beine.

Julien ist neben mir eingeschlafen.
Er hat kaum Haare auf der Brust. Seine Arme und Beine sind dünn, dünner als meine. Dafür ist er um einiges größer als ich.
Ich frage mich, wie er mal aussehen wird später – wenn sich durch seine Haut dicke spröde Haare graben, wenn die Wangen rau sein werden von der täglichen Rasur oder ein Bart sein halbes Gesicht verdecken, er kleine rissige Falten um die Augen haben wird, graue Schläfen. Ein kleiner Bauch über dem Hosenbund hängen wird, ihm Büschel aus den Ohren, aus den Nasenlöchern sprießen werden.
Jetzt gerade beim Schlafen sieht er aus wie ein kleiner Junge. Sein Brustkorb hebt und senkt sich gleichmäßig, relativ schnell. Es flackert hinter seinen Augenlidern.
Ich möchte eine Hand auf sein warmes, friedliches Gesicht legen, lasse es. Mache stattdessen auch die Augen zu.

Es ist sechzehn Uhr, und kein Mensch mehr außer uns ist an der Bucht.
Es ist schattig, fast kühl geworden.
Ich fühle mich wie im Schoß von etwas Altem und Großem.

*

Ich erfuhr von Oscar an einem Donnerstag, an einem Donnerstagvormittag. Den Test kaufte ich im Drogeriemarkt, schob ihn unter eine Packung Kekse und Badreiniger, versteckte ihn wie sonst Tampons oder Kondome. In meinem Kopf spielte ich ein Szenario durch, in dem ich den Test stolz auf das Band legte, die Kassiererin anstrahlte mit einem Schimmern in den Augen: glücklich, vorfreudig, bereit. Es gelang mir nicht. Stattdessen zahlte ich, zog die Ärmel meiner Jacke über die Hände, steckte meinen Kopf tief in den Kragen. Ich griff ungeschickt nach dem Wechselgeld und ging.

Zu Hause im Badezimmer hatte ich mich auf den Boden gesetzt, den Rücken gegen den Wannenrand gelehnt, mich für einen Moment auf den rauen Estrich unter meinen Füßen konzentriert, den Test falsch herum auf einem Finger balanciert, wie einen Spielzeugvogel, der auf seiner eigenen Schnabelspitze schwebt.

Als ich ihn dann umdrehte, war es tatsächlich wie in einem Film, in einer besonders billigen Produktion: Der Inhalt meines Magens schwoll als saurer Strahl aus meiner Kehle, brannte mir in der Nase, zog mir für einen Moment jeden klaren Gedanken aus dem Kopf, machte stattdessen Platz für Panik.

*

Irgendwann wird Julien wach, blinzelt mir entgegen. Ich muss grinsen.

»Dir fehlt ja ein Stück Schneidezahn«, sagt Julien.

»Wie kommt das?«

Ich zucke die Achseln, sage: »Vergessen.«

Ob ich Lust hätte, noch mit zu ihm zu kommen, seine Eltern und seine Schwester seien mit dem Boot unterwegs. Julien schaut mich erwartungsvoll an.

Mir schießt unfreiwillig Hitze ins Gesicht, es lässt sich nicht vermeiden. Ich sage betont lässig: »Klar, warum nicht.«

Julien lacht, pikst mir einen Finger in die Wange.

»Na, dann los.«

Das Ferienhaus von Juliens Familie liegt circa fünfzehn Minuten von Bea und meiner Unterkunft entfernt, in einer viel schöneren Gegend. Die Häuser sind größer, die Gärten grüner, die Siedlung wirkt insgesamt viel bewohnter, trotzdem ruhender. Man hört das gemächliche Klackern von Rasensprengern, Vogelgezwitscher, ansonsten ist es still.

Das Haus ist flach gebaut, aus hellbraunem rauem Stein, die Fenster sind mit hölzernen Fensterläden verschlossen. Im Vorgarten gibt es eine große Veranda mit Möbeln aus Palisander, sie sehen bequem aus und schwer. Auf dem Tisch steht ein Krug mit dunkelroten Blumen, liegen eine Tageszeitung und eine aufgeklappte Sonnenbrille.

Neben dem Gartenweg steckt eine kleine Hacke, liegen Gartenhandschuhe, zu einer Hälfte rausgerissenes Unkraut, zur anderen Hälfte Unkraut, das noch fest verwurzelt ist.

Ein Fahrrad lehnt an der Hauswand, auf dem Gepäckträger klemmt eine Strandmatte, die Garage ist offen und leer. Julien schiebt den Roller hinein, schließt die Haustür auf.

Er sieht mich ermutigend an, als mein Blick prüfend über die Fenster fliegt.
»Keine Sorge. Es ist wirklich niemand da.«

Im Haus ist es dunkel und kühl, es riecht nach Holz und würzigem Essen, irgendwo brummt ein Elektrogerät.
Ich betrachte die gerahmten Bilder auf der schweren Kommode im Wohnzimmer. Julien als Kleinkind, in ähnlicher Pose auf einem Dreirad wie die, mit der er jetzt Roller fährt. Ein breites Grinsen, übermütig, zu groß für seinen Kinderkopf.
Ein etwas älteres Mädchen, das von hinten schützend die Arme um Juliens Schultern gelegt hat. Es trägt eine rosafarbene Sonnenbrille in Sternform, schaut extrem lässig.
Drei alte Leute, die auf der Veranda sitzen, gütig in die Kamera lächeln.
Ein Paar in meinem Alter, das sich im Arm hält. Auf dem Kopf der schönen Frau türmt sich eine dunkle Lockenmähne. Der Mann hat einen Dreitagebart, eine Halbglatze, Juliens freundlichen Mund.
»Meine Eltern früher«, sagt Julien. Er ist aus der Küche zurück, hält mir ein Glas Saft entgegen.
»Na komm, ich zeig dir mein Zimmer.«
Ich bin überrascht, wie souverän Julien mit der Situation umgeht, wie selbstverständlich es für ihn ist, dass ich hier bin.
Ich folge ihm auf Zehenspitzen.

Sein Zimmer ist klein und dunkel, Weinblätter ranken vor seinem Fenster, das Rollo ist halb runtergelassen. Es gibt ein

Regal mit ein paar Büchern (Salinger, Fitzgerald, Sagan), ein schmales Bett und einen kleinen Schrank, der übersät ist mit Kinderaufklebern (Marsupilami, Asterix und Obelix, die Schlümpfe).

An der Wand hängen dicht an dicht Filmposter (Godard, Tarantino, Dolan), ein Wimpel von einem italienischen Fußballverein, schwarz-weiße Streifen aus Fotoautomaten und Polaroids.

Julien nimmt seinen Laptop vom Bett, setzt sich, ich setze mich unsicher dazu. Kurz schaut er mir lächelnd ins Gesicht, sagt: »Schön, dass du da bist.«

Wieder steigt mir Hitze ins Gesicht. Er lacht, schüttelt den Kopf, sagt dann, dass er mir was zeigen wolle.

Ob ich Dalida kennen würde?

In Frankreich sei sie eine große Berühmtheit, ihre Geschichte quasi nationales Erbe.

Geboren in Kairo als Kind von französischen Eltern, wurde sie als junge Frau zur *Miss Ägypten* gekürt, war erst Schauspielerin, zog nach Frankreich und wurde dann bei einem Talentwettbewerb als Sängerin entdeckt.

Sie war die erste Französin mit goldener Schallplatte.

Es braucht einen Moment, bis ich verstehe, dann nicke ich, bin nicht sicher, worauf Julien mit seinen Schilderungen hinauswill.

Sie habe erst ihren Produzenten geheiratet, dann mit Künstlern angebändelt, mit Musikern, schließlich mit Luigi Tenco.

Julien schaut mir prüfend ins Gesicht, will offenbar wissen, ob ich den Namen kenne.

Ich zucke mit den Schultern.
»Nie gehört.«
Luigi Tenco und Dalida hätten in den siebziger Jahren an einem großen Musikwettbewerb teilgenommen, aber die Jury hätte sie nicht ins Finale gelassen. Tenco sei darüber sehr enttäuscht gewesen, schrecklich wütend geworden, hätte sich in seinem Hotelzimmer verbarrikadiert.
Julien macht eine Kunstpause, sagt dann:
»Am Ende hat er sich eine Kugel in den Kopf gejagt.«
Ich bin nicht sicher, ob ich ihn richtig verstanden habe, schaue Julien skeptisch an.
Der hält sich Mittel- und Zeigefinger an die rechte Schläfe und macht eine Abdrückbewegung.
Ich lege mir eine Hand auf den Mund.
»Im Abschiedsbrief hat er Folgendes geschrieben, warte.« Julien tippt auf seinem Laptop herum, lässt mich lesen:
»Ich liebte das italienische Publikum und widmete dieser Zuhörerschaft fünf Jahre meines Lebens, vergeblich. Ich tue das nicht, weil ich des Lebens müde bin (eher im Gegenteil), sondern als Ausdruck des Protests gegen ein Publikum, das ›Io, tu e le rose‹ ins Finale wählte, und gegen eine Jury, die sich für ›La rivoluzione‹ entschied. Ich hoffe, dass die Dinge so ein wenig klarer werden. Ciao, Luigi«

Ich kann es nicht fassen, habe immer noch die Hand auf meinem Mund, frage durch die Finger hindurch:
»Und Dalida?«
Dalida sei nach Tencos Tod in eine schwere Depression verfallen. Hätte versucht, sich umzubringen, sei drei Jahre al-

leine in Indien auf einer spirituellen Reise gewesen. Danach hätte sie ihr Comeback geschafft, bis in die achtziger Jahre erfolgreich gesungen.
Ich nehme die Hand runter, überlege kurz.
»Na, immerhin.«
Julien schüttelt den Kopf.
»Ende der achtziger Jahre hat sie sich trotzdem umgebracht.«
Ich schlucke trocken, frage, ob es einen Abschiedsbrief gegeben hat.
Julien schiebt mir den Computer rüber.
Ich lese: »Das Leben ist mir unerträglich – vergebt mir.«
Kurz schweigen wir, mein Gehirn hat sich in meiner Stirn, mein Herz in meinem Brustkorb verknotet. Julien lächelt, sagt dann, dass er mir das Ganze erzähle, damit ich die Schönheit und die Tragik von einem seiner Lieblingsvideos verstehe: »Es gibt da diese eine Aufnahme von ihr, die haut mich immer wieder um, die musst du sehen.«
Er sucht etwas bei YouTube, ich sehe nur sein Gesicht. Schließlich hat er es gefunden, drückt auf Play, setzt sich dicht neben mich.

Dalida in Schwarz-Weiß, barfuß. Sie tanzt alleine auf einer einfachen Bühne, singt »La danse de Zorba«, vor ihr sitzt ein aufmerksames stilles Publikum.
Sie sieht stark aus, schön, vereinnahmt den Blick, erinnert an eine angreifende Kobra, an eine Amazone, eine Kriegerin.

Julien und ich sitzen auf seiner schmalen Matratze, der Laptop balanciert zu gleichen Teilen auf meinen und auf seinen Knien. Wir sitzen Schulter an Schulter, lachen immer mal wieder gleichzeitig los, schauen uns an.
Kannst du das glauben?
Das ist doch nicht zu fassen.
Kannst du glauben, wie schön das ist?
Die Knoten in mir lösen sich.

*

Als ich am frühen Abend nach Hause komme, geht es Bea schon wieder richtig gut. Sie hat ein paar Kopfschmerztabletten genommen und sitzt mit Eva auf der Terrasse.
Wie toll das sei, dass wir so unabhängig sind, uns auch mal alleine beschäftigen, sagt Eva und lacht.
Bea schaut mich eindringlich an, sie schiebt sich ihren Strohhut aus der Stirn.
»Ja, wirklich klasse, dass du dich selbst beschäftigt hast heute.«
In ihrer Stimme schwingt eine Drohung.
»Klar. Kein Problem«, sage ich und schaue an Bea vorbei in Evas fröhliches Gesicht.
Was denn noch der Plan sei heute?
Eva deutet hinter sich zum Küchenfenster, sagt, dass der Rolf schon ordentlich am Schnippeln sei. Dass wir heute endlich mal alle gemeinsam zu Abend essen wollen.
»Toll«, sage ich, nicke bekräftigend.
»Dann gehe ich mal helfen.«
Rasch verschwinde ich aus Beas Sichtfeld.

Eva habe Unglaubliches geschafft damals in Deutschland, erklärt mir Rolf beim Gurkenschneiden. Sie und ihr erster Mann hätten die Idee zu dem Themen-Campingplatz gehabt. Ob ich von dem Themen-Campingplatz gehört hätte? Abenteuer, Dschungel, Safari. Die Besucherinnen und Besucher hätten in Tipis geschlafen, hätten Camouflage-Kostüme getragen und seien tagsüber mit Erlebnisspielen auf Trab gehalten worden. Es habe sogar Känguru- und Straußenfleisch vom Grill gegeben, Heuschrecken als Knabberbeilage.

Dann sei der Mann plötzlich verstorben, und Eva habe alleine dagestanden mit dem großen Gelände inklusive Lamas, Bisonbüffeln, eines Gnus, eines Hauses mit laufendem Kredit und ihrer drei Söhne. Aber sie habe sich nicht hängenlassen. Sie habe die Zähne zusammengebissen, das Gelände an einen Investor verkauft, eine Umschulung zur Immobilienkauffrau gemacht und die Jungs alleine großgezogen. Eine, die wieder aufsteht, sich nicht selbst bemitleidet.

So eine sei Eva.

Ich schiebe mir ein Stück Gurke in den Mund, bin nicht sicher, was ich erwidern soll, sage: »Ein Gnu – na, so was.«

Dann schaue ich durchs Küchenfenster auf die Terrasse, auf der Eva und Bea sitzen. Sie trinken Rotwein mit Cola und Orangenscheiben und lachen über irgendwas herzlich.

Rolf träumt von der Schinkenstraße.

Ich weiß erst nicht, was er meint, er muss mir die legendäre Partymeile beschreiben, schneidet dabei durch Grillkäse, steckt sich Knoblauchbaguette in den Mund. Er macht ein

schwärmerisches Gesicht, während er spricht, von Biergärten erzählt, in die Tausende von Menschen passen, Kneipen, in denen Schlagersänger zu Königen ernannt werden.
Er wolle hier auf der Insel den Anfang, die ersten Schritte auf der Karriereleiter machen.
Rolf schluckt eine Gabel Kartoffelsalat runter.
Sagt dann: »Entertainmentmäßig.«
Sich eine Fanbase aufbauen, ein Album schreiben.
Ich nicke, und Bea fragt weise: »Haben wir nicht alle eine innere Schinkenstraße? Den einen ganz großen Traum?«
Sie sieht mich an, erwartet anscheinend Zuspruch, ich mache stattdessen ein vages Gesicht, schaue auf die lachsfarbene Soßenpfütze auf meinem Teller und überlege, was wohl Beas innere Schinkenstraße ist.

Wie weit er denn mit dem Album sei, ob er uns nicht mal was vorspielen möchte, frage ich schließlich, und Bea klatscht begeistert in die Hände.
Rolf schaut halb verlegen, halb erwartungsvoll zu Eva.
Die sagt: »Ein anderes Mal.«
Dass die Eistorte schon aus dem Froster raus, dass das jetzt nicht ganz der richtige Moment sei.
Ein dunkler Schatten legt sich über Rolfs Blick.
Bea wechselt das Thema, wie immer schnell und geschickt.

Nach dem Essen geht Bea zurück ins Bett, sie will noch telefonieren, eine Serie weitergucken. Ein etwas zu langes unangenehmes Schweigen zwischen uns lässt auch Rolf und Eva ins Wohnzimmer verschwinden.

Ich bleibe allein auf der Terrasse, lege meine Füße auf einen Gartenstuhl. Betrachte den Himmel, der sich widerwillig verdunkelt.
Die ersten Sterne sind zu sehen.

Ich denke an das letzte Mal, dass ich meinen Vater gesehen habe.
Er war auf Geschäftsreise in Berlin, wohnte in einem billigen Hotel am Stadtrand.
Wir trafen uns in einem griechischen Restaurant am Kaiserdamm, mit All-you-can-eat-Grillbuffet und lieblichem Rotwein.
Das in grellen Farben aufgemalte Panorama an der Wand zeigte die Akropolis, die Ruinen von Delphi, den Koloss von Rhodos.
Mein Vater studierte lange die Serviette mit den griechischen Vokabelhilfen, tunkte trockenes Weißbrot in Knoblauchcreme. Kurz führten wir höflichen Small Talk über das, was gerade in meinem Leben los war (Uni-Abschluss, Jobsuche, eine abklingende Mandelentzündung). Schließlich rückte er doch mit der Sprache heraus:
dass es nicht mehr so richtig laufen würde mit Christiane, seit Jahren eigentlich schon nicht.
Das ohnehin schon immer in seinem Gesicht stehende schlechte Gewissen schien ölig von seinen Haarspitzen zu tropfen.
Ich wusste nichts zu sagen, drehte mich stattdessen nach dem Kellner um, fand, es sei ein guter Moment, um noch ein Getränk zu bestellen.

Dass es eigentlich nichts auszusetzen gebe an Christiane, sagte er. Sie sei eine gute Mutter, eine starke Partnerin, zufrieden mit ihrer weiblichen Rolle, mit der Natürlichkeit der Dinge.

Dass sie auch mal über Ausrutscher hinwegschauen würde, ihn Mann sein ließe. Wüsste, dass er in manchen Situationen nicht anders könne.

Bei meiner Mutter sei das ja nicht immer so gewesen.

Ich grub meine Gabel tief ins Moussaka,

durch die dicke Schicht Käse, Hackfleisch und Auberginen hindurch, versuchte, nichts zu denken, nichts zu sagen.

Er fühle sich, sagte mein Vater dann, als ob ihm das Leben davonliefe.

Auf seinem letzten Segeltörn in Kroatien habe er eine spannende Frau kennengelernt, eine Zahnärztin. Sie sei sportlich, weltoffen, hätte selbst keine Kinder.

»Und das sieht man ihr auch an«, sagte er und schaute vielsagend, schien für einen Moment vergessen zu haben, wer vor ihm saß.

Er befürchtete, sich verliebt zu haben.

Ich warf mir eine schwarze Olive in den Mund, biss in die Orangenscheibe von meinem Beilagensalat, suchte nach weiteren Möglichkeiten, um den Mund voll zu haben.

Einen Augenblick lang war mein Vater in Gedanken versunken.

Dann sagte er: »Ich habe mich schon oft gefragt, ob ich dir meinen Gendefekt vererbt habe.«

Schon als Kind habe mir die Schwermut ins Gesicht geschrieben gestanden. Das habe ihm immer leidgetan.

Ob ich inzwischen glücklicher sei?
Ich antwortete nicht, starrte stattdessen auf die Tischplatte.
Der Moment verdoppelte, verdreifachte sich.
Irgendwann räusperte mein Vater sich, entschied sich für einen Themenwechsel.
Glück sei ja sowieso so eine Sache, brummte er. Und der Mensch dazu nur bedingt in der Lage, ein generell viel zu fehleranfälliges Konstrukt.

Wärme sickert zusammen mit der Abendluft in mein Zwerchfell.
Ich beschließe, dass jetzt Schluss ist mit Erinnern, denke: Ach, was soll's.
Und gieße einen großen Schluck Cola zu meinem Wein.

*

Wir sitzen am nächsten Tag schon frühmorgens in einem Bus, wollen in den Nachbarort. Bea hat einen Markt recherchiert, Trödel und Gemüse, ein Geheimtipp.
Sie hat die Augen geschlossen, den Kopf an die Scheibe gelegt, schaukelt im Takt der holprigen Straße. Das Meer liegt als türkisfarbener Gürtel rechts von uns, unaufgeregt und friedlich. Auf der linken Seite wächst allmählich das Gebirge.

Bea hat hellgelbe Sonnenflecken im ganzen Gesicht, mal wandern sie über ihre geschlossenen Lider, mal verschwinden sie in ihren Nasenflügeln. Ihre Haut schimmert rosa und flaumig.

Ich frage mich, wie sie mal aussieht, wenn sie alt ist. Versuche, mich an ihr Kindergesicht zu erinnern, jetzt gerade schaffe ich es nicht.
»Was gibt es denn so blöd zu gucken?«, murmelt sie plötzlich, sie knurrt es.
Im nächsten Moment ist sie wieder eingeschlafen.

*

Ich notiere:
Bea, die energisch um einen gelb gestreiften Badeanzug feilscht, am Ende noch einen zweiten für mich kauft.
Ein kleines Mädchen, das auf einem Klappstuhl sitzt, vor ihr ein voll beladener Stand mit dicken rostroten Würsten.
Ein fröhlicher tiefgebräunter Mann, der Gesichter in Melonen schnitzt, eine Galiamelone sieht aus wie ein amerikanischer Präsident.
Zwei junge Polizisten, die sich gelangweilt durch die Menge schieben, ab und zu mit Knüppeln gegen die Pfosten der Marktstände schlagen.
An einem Stand mit afrikanischen Ledertaschen bleiben sie stehen, verschränken wichtigtuerisch die Arme.

Ich finde einen Stand mit altem Krempel, freue mich, betrachte eine Lupe, einen Holzlöffel, überlege, ob ich das kleine weiße Radio für den Strand gebrauchen könnte. Das Batteriefach ist verkrustet und verklebt.
Der Verkäufer nickt mir bekräftigend entgegen, ich schüttle den Kopf, lege das Radio beiseite und will mich umdrehen.

Er gebietet mir, stehen zu bleiben.
One moment,
one moment.
Er kramt hinter sich in einem Pappkarton, holt eine kleine Blechdose heraus.
In ihr sind ein paar alte Knöpfe, ein kleines Plastikschwein und, eingewickelt in einem kleinen Papierchen: eine feine Lederkette mit einem hübschen Korallenanhänger.
Ich fahre mit den Fingerspitzen über die Kanten, kratze ein bisschen Dreck von der Öse.
Er sagt auf Deutsch: »Ein Geschenk.«
Überrascht hebe ich den Blick, will die Kette erst nicht annehmen, aber der alte Mann wird energisch, sagt noch mal mit Nachdruck:
»Ein Geschenk. Es soll dich schützen vor dem Bösen.«
Nach kurzem Zögern ziehe ich mir die Kette über den Kopf, umschließe den Anhänger mit meiner Hand, lächle ihm entgegen.
Wir heben gleichzeitig die Hände, es ist ein schöner Moment.
Thank you. Goodbye.

Erschöpft vom Feilschen und Drängeln, lassen Bea und ich uns irgendwann in die erstbesten leeren Caféstühle fallen.
Ich zeige ihr meine Kette.
»Hast du schon wieder jemandem den Kopf verdreht, ein Herz gebrochen?«, fragt Bea relativ desinteressiert, klappt hungrig die Speisekarte auf.
Ich antworte nicht, höre stattdessen einer Konversation am

Nachbartisch zu, der Kellner und ein junger Typ unterhalten sich fünf Minuten über die Knusprigkeit von Bacon.
»Freust du dich über deinen Badeanzug?«, fragt Bea dann.
Ohne nachzudenken, sage ich: »Glaubst du nicht, wir sind raus aus dem Alter für Partnerlook?«
Bea sieht für einen Moment ernsthaft verletzt aus.
Sofort tut mir der Kommentar leid, sofort weiß ich, dass ich ihn nicht rückgängig machen kann.
Bea schlägt die Karte zu, winkt nach dem Kellner. Sie bestellt einen Caesar Salad, ein Käsesandwich für mich, zwei Aperol Spritz. Beim Essen sagen wir nur wenig.

*

Bea und ich hielten uns als Teenagerinnen meist an den Rändern unseres sozialen Umfelds auf, rauchten, kommentierten, vermieden Interaktionen. Am deutlichsten zeigte sich das während Klassenfahrten und Wandertagen: In der Regel landeten Bea und ich in den hinteren Reihen der Reisebusse, am Ende der Rundgänge, in dem Doppelstockbett, das übrig blieb. In der Neunten machte unsere Klasse einen Ausflug in ein Naturkundemuseum, es ging um Heimat oder Herkunft, genau kann ich mich nicht erinnern. Eine motivierte Museumsmitarbeiterin führte uns durch die Sammlung, unser Geschichtslehrer lief aufgeregt nebenher. Der Rest der Klasse trottete den beiden nach.
Bea und ich blieben bei einem staubigen Neandertaler hängen, der damit beschäftigt war, einen Bock mit sprödem Plastikfell zu zerlegen.

»Findest du es nicht auch krass, dass unser komplettes Leben von anderen bestimmt wird? Den ganzen Tag machen wir nur, was uns andere sagen.« Bea hockte sich hin, schaute sich unauffällig um, dann klopfte sie dem Neandertaler auf den Schädel. Er klang überraschend wenig hohl. »Was würdest du denn machen, wenn du entscheiden könntest?« Ich hockte mich zu ihr, sie hatte begonnen, dem Neandertaler Zöpfe zu flechten. »Keine Ahnung, vielleicht würde ich meine Unabhängigkeit erst mal sichtbar machen, so wie Pia.«

Pia war ein Mädchen aus unserem Jahrgang. Sie hatte damit Aufsehen erregt, dass sie sich selber ein Nasenpiercing gestochen hatte. Ich empfand ihr gegenüber eine Mischung aus Ehrfurcht und Angst.

Bea zog Lipgloss aus der Tasche und begann ihn auf den Lippen des Neandertalers zu verteilen.

»Wenn ich genug Geld hätte, würde ich nach New York fliegen und dort jobben.«

In unserer Vorstellung war das spannendste Leben das, das genügend Zeit vorsah für Milchkaffees und Liebeleien und in dem man sich von der Kellnerin hocharbeiten konnte zur Einkäuferin von Louis Vuitton.

»Ich will in jedem Fall nicht enden wie meine Eltern«, sagte Bea.

Ich betrachtete Bea von der Seite, erwiderte nichts. Für mich stand außer Frage, dass Bea ein aufregendes Leben führen würde. Bei mir selbst war ich mir weniger sicher.

Wir standen auf, betrachteten Beas Werk. Der Neandertaler sah aus wie eine grimmige Prinzessin Leia.

»Du musst mir versprechen, dass du mir eine runterhaust, sollte ich irgendwann so spießig werden wie meine Eltern.« Bea hielt mir ihre Hand hin. Ich schlug ein, und wir schlenderten weiter.

*

Wir finden die Bushaltestelle nicht, alle Läden sind zu, wir können nirgends fragen und haben keinen Empfang.
Es ist unendlich heiß, die Marktbeutel hängen uns schwer über den Schultern.
Ich sehe Bea ratlos an.
»Es ist scheiße, immer sagen zu müssen, wo es langgeht«, platzt es plötzlich aus ihr heraus.
Ich bin überrascht darüber, dass sie Tränen in den Augen hat.
Ob ich eine Vorstellung davon habe, wie anstrengend es sei, mich immer hinter sich herzuziehen?
Sie habe langsam die Schnauze voll davon.
Ich weiß nichts zu erwidern, schaue stattdessen auf den Teil von Beas rechtem Flipflop, an dem die Riemen zusammenwachsen, schaue auf den abgeplatzten violetten Nagellack auf ihrem großen Zeh.
Mein Schädel dröhnt in der Mittagshitze, meine Augen brennen, fühlen sich staubtrocken an. Mein Mund ist zu voll für meine Zunge und für meine Zähne.
Irgendwann hebe ich den Blick doch, schaue über Beas Schulter hinweg ins Nichts.
»Mir ist bloß heiß, ich brauch was zu trinken«, sagt sie irgendwann.

»Da drüben ist Schatten.«
Ich deute in eine Richtung.
»Okay«, sagt Bea.

Eine halbe Stunde später haben wir die Bushaltestelle schließlich gefunden.

*

Zu Hause angekommen, will Bea ihre Ruhe haben. Sie reicht mir die Plastiktüten, das Stoffnetz Orangen. Sie sagt, dass sie eine Migräne bekomme, sich hinlegen möchte.
Die Hitze könne auf Dauer wirklich niemand ertragen.
Ich könne doch was mit meinem kleinen Freund machen?
Sie sieht mich mit einem müden, einem resignierten Gesichtsausdruck an, hat die Augenbrauen hochgezogen. Halb drohend, halb fragend. Dann dreht sie sich um und ist verschwunden.

Erst weigert sich etwas in mir, ich bin trotzig, dann greife ich doch zum Telefon. Julien freut sich, meine Stimme zu hören, es ist das erste Mal, dass wir telefonieren, es klappt erstaunlich gut. Dass er gerade mit seiner Schwester zu Hause am Pool rumhängen würde, die Eltern mit Freundinnen und Freunden unterwegs seien, erzählt er.
Ob ich nicht vorbeikommen wolle?
Ich überlege, noch mal in Beas und mein Zimmer zu gehen, meine Schwimmsachen zu holen.
Entscheide mich dagegen.

*

Juliens Schwester Marianne hat ein schmales, feines Gesicht, sie trägt einen silbernen Bikini über ihren langen schlaksigen Gliedern. Die Stoffdreiecke schlagen Wellen über ihren Brüsten.
Sie sitzt auf einer Sonnenliege, hat sich weit über ihre Beine nach vorne gebeugt, liest ein Buch, hält es in beiden Händen. Ihre Mundwinkel sind nach unten gezogen, zwischen ihre Augenbrauen hat sich eine tiefe Falte gegraben.
Marianne schaut kaum auf, als ich ihr Hallo sage, hebt nur flüchtig den Blick. Sie murmelt eine Entschuldigung, sagt, dass sie gerade eine wirklich wichtige Stelle lesen würde.
Heimlich bewundere ich die Anmut, die Bestimmtheit und die Lässigkeit, die sie ausstrahlt.

»Willst du nicht auch ins Wasser?«, fragt Julien, nachdem ich eine halbe Stunde im Schatten gesessen habe, er sich wieder und wieder vom Beckenrand in den Pool hat fallen lassen.
Ich schüttle den Kopf.
»Habe nichts zum Schwimmen dabei.«
»Aber das kannst du dir doch von Marianne leihen.«
Bevor ich ihn aufhalten kann, ruft er nach seiner Schwester.
»Schwimmen könnt ihr schon alleine?«, fragt sie genervt. Dann scheint ihr aufzufallen, wie barsch sie klingt, sie entschuldigt sich, legt das Buch beiseite, schaut mich das erste Mal richtig an.
»Ich habe auf jeden Fall was für dich.«

*

Kurze Zeit später stehe ich in einem knappen Bikini am Beckenrand, der Stoff ist knallgrün, die Träger schneiden mir unangenehm in den Rücken.
Ich trage seit Jahren nur Badeanzüge und fühle mich nackt, wünschte, mein Bauch wäre in einer besseren Form.
Ich lege mir eine Hand auf das weiche Fleisch um meinen Nabel, rücke mein Höschen zurecht und muss an den Tag denken, als mir das erste Mal klar wurde, dass mein Körper als eigenständige Einheit agierte. Eine Einheit, der nicht zu trauen war.

Ich war zwölf und hatte frisch mit dem Turnunterricht begonnen. Bea hatte mich dazu überredet, nachdem ihre Eltern sie zwangsangemeldet hatten.
»Beste Freundinnen lassen sich nicht im Stich«,
sagte Bea und hielt mir betroffen ihr hässliches braunes Turnoutfit entgegen.

Eigentlich musste ich nicht überredet werden, ich freute mich auf den Unterricht. Meine Mutter hatte in ihrer Kindheit und Jugend auch geturnt und war stolz auf mich. Sie kaufte mir wunderschöne perlmuttfarbene Turnleggings mit Schleifen an den Knöcheln, ein glänzendes violettes Shirt mit einer leichten Raffung im Ausschnitt und übte im Wohnzimmer mit mir die Kerze.

Bea musterte mich in der Umkleidekabine, machte ein missmutiges Gesicht und sagte grimmig: »Du siehst aus wie eine Elfe, ich sehe aus wie eine Kastanie.«
Ich legte den Arm um sie, versuchte sie aufzumuntern und lieh ihr mein pinkfarbenes Zopfgummi mit den Perlen an den Rändern.

Wir waren zwölf Mädchen und Jungs im Turnunterricht, die Lehrerin eine ältere rüstige Frau im marineblauen Trainingsanzug. Sie teilte uns in Zweiergruppen auf, je nach Statur, und pfiff zu jeder Anweisung schrill mit einer silbernen Pfeife.
Ich sollte zusammen mit Ibrahim den Handstand üben, und wir grinsten uns verlegen an.
Weil Ibrahim, wie er sagte, ein Gentleman war, ließ er mich anfangen. Ich atmete ein, stützte mich auf meine Hände und schwang meine Beine ohne Schwierigkeiten in Richtung Decke. Ibrahim griff nach meinen Fußknöcheln, rief, dass mein Handstand gut aussehen würde, ich nur weniger im Rücken durchhängen sollte.
Dann stockte er und sagte nach einem kurzen schockierten Schweigen: »Du blutest, ich glaube, du bist verletzt.«
Er ließ mich los, und ich fiel um.

Die Turnlehrerin kam angejoggt, schimpfte und trillerte, fragte Ibrahim, warum er mich nicht besser festgehalten hätte. Der deutete bloß abwehrend und verteidigend auf meinen Schritt.
Inzwischen hatte sich die ganze Turngruppe um uns herum

versammelt und kicherte, Bea steckte ihren Kopf an den Schultern der anderen vorbei. Als sie sah, was los war, sagte sie:
»Ach, du dickes Ei.«

Die Turnlehrerin nahm mich mit in ihr Büro, es roch nach Filterkaffee und Käsefüßen. Lange kramte sie in einem Spind herum, dann sagte sie: »Da ist ja eine.«
Sie hielt mir ein großes zweifingerdickes Bindenbündel entgegen.
»Die klebst du dir in deinen Schlüpfer, und dann kannst du ganz einfach weitermachen, kein Problem.«

Auf der Toilette gab ich mein Bestes, um nicht loszuheulen. Natürlich wusste ich, dass ich früher oder später meine Periode bekommen würde, aber dass sich mein Körper diesen miserablen Moment dafür ausgesucht hatte, war nur schwer zu ertragen.
Ich deckte mit der Binde den dunkelroten Blutfleck ab, zog meine Hose hoch, schluckte schwer.
Es fühlte sich an, als hätte ich ein Sofakissen im Schritt.

Zurück in der Sporthalle, versuchte ich, niemandem meinen Rücken zuzudrehen, zog mein Shirt weit über den Hintern. Sebastian, ein Junge aus der Parallelklasse, bemerkte meine Bemühungen. Er sprang hinter mich und schrie:
»Du siehst aus, als würdest du eine blutige Windel tragen. Voll peinlich!«
Alles lachte.

Neben mir knackte Bea mit ihren Fingerknochen, schob die Ärmel ihres Trikots hoch und nahm Schwung.
Das war der Tag, an dem sie ihren Tadel bekam.

Thorsten holte Bea und mich vom Turnunterricht ab. Die Lehrerin nahm ihn zur Seite und redete kurz auf ihn ein. Ich beobachtete die beiden aus der Ferne, sah Thorsten blasser und blasser werden.
Bea betrachtete ihre Füße, sagte schließlich: »Wenn ich Glück habe, war's das jetzt mit dem Turnunterricht.«

Als Thorsten kurze Zeit später vor uns stand, schien er sich zu zwingen, mir direkt ins Gesicht zu schauen, räusperte sich, hielt mir schließlich seine Hand entgegen.
»Herzlichen Glückwunsch.«
Ich schaute ihn perplex an, er hustete, fügte dann verlegen hinzu: »Zum Frauwerden und so weiter.«
Wir schüttelten einander für einen Moment die Hände. Neben mir verkniff sich Bea, das wusste ich, unter großer Anstrengung das Lachen.

*

Marianne hat meine Unsicherheit bemerkt, sie kommt mir entgegen. »Dir steht der Bikini viel besser als mir, die Farbe sieht toll aus zu deinen Haaren.« Ich weiß, dass das nicht stimmt, lächle sie trotzdem dankbar an.
Julien ruft: »Schluss mit dem Gequatsche, ab ins Wasser.« Dann packt er mich an den Fußgelenken und schmeißt

mich in den Pool, Marianne macht eine Arschbombe hinterher.

Irgendwann schlägt eine Autotür vor dem Haus zu, ich schrecke hoch.
»Alles okay«, sagt Julien, Marianne nickt.
»Unsere Eltern sind in Ordnung.«
Ich zögere, bin nicht sicher, ob ich für ein Kennenlernen die Nerven habe, überlege, wie einfach ich über die Gartenhecke geklettert komme.
Julien folgt meinem Blick, zieht die Augenbrauen hoch und sagt streng: »Komm, ich stelle dich vor.«

Juliens Mutter ist so schmal und lang wie er, ihre Locken sind ein wenig grauer als auf dem Foto im Wohnzimmer. Sie ist immer noch sehr schön.
Erst sieht sie nur ihren Sohn, sagt: »Hallo, Bursche.«
Sie nimmt sein Gesicht in beide Hände, küsst es links, rechts und noch mal links.
Dann sieht sie mich.
In ihrem Ausdruck ist keine Überraschung zu erkennen, nur Interesse und etwas Neugierde. »Oh, hallo«, sagt sie. »Ich habe dich nicht gesehen.«
Sie duzt mich, es erleichtert mich.
»Ich heiße Ines. Bleibst du zum Abendessen?«
Ich gucke Julien an, dann wieder die Mutter. Beide machen das gleiche freundliche Gesicht.
»Da muss ich erst mal zu Hause fragen«, sage ich.
Beide nicken verständnisvoll.

»Na los, dann ruf deine Mutter an«, sagt Ines.
Julien schaut mich verstohlen an, ich korrigiere sie nicht.
»Es gibt genug Fisch für alle.«

Bea hat sich anscheinend dazu entschieden, die Situation einfach hinzunehmen, sich ihre Enttäuschung über mich nicht weiter anmerken zu lassen.
Sie ist kurz angebunden am Telefon.
»Alles gut, kein Problem. Ich sitze hier eh gerade mit Eva, wir trinken Wein und erzählen schön. Viel Spaß.«
Sie legt auf, bevor ich mich verabschieden kann.
Für einen Moment lausche ich der Stille in der Leitung nach. Dann schiebe ich die Beklommenheit weg und drehe mich um zu Ines. Sie hält mir ein paar Zwiebeln und ein großes Messer entgegen.

»Papa ist noch unterwegs mit Albert«, sagt Ines zu Julien und fragt, wo ihre Tochter ist.
Julien deutet vage nach draußen.
Ines beginnt vom Ausflug zu erzählen, ich verstehe nur die Hälfte, schneide stattdessen die Zwiebeln, schneide sie in dünne Ringe, so gleichmäßig es eben geht.
Julien sitzt auf der Kücheninsel, schaut abwechselnd zu seiner Mutter und mir, sagt ein paar Dinge in knappem Französisch, zieht heimlich Grimassen.
Irgendwann fällt mir das Schneiden leichter.
»Erzähl doch mal von dir, was machst du?«, fragt Ines.
Sie sagt »Liebes« auf Französisch, dreht sich zu mir rüber, hat die Finger voller Meersalz und Fischschuppen.

Kurz überlege ich, dann sage ich:
»Urlaub. Gerade mache ich vor allem Urlaub.«
Julien hat sein lautes Hundelachen von seiner Mutter geerbt.
Ich bin froh, dass die Antwort zu reichen scheint.

Irgendwann kommt Marianne in die Küche, umschlingt kurz die Taille ihrer Mutter mit beiden Armen, dann nimmt sie sich eine Dose Eistee aus dem Kühlschrank, stellt sich neben mich.
»Kann ich dir helfen? Gibt es noch was zu schneiden?«
Ich rolle ihr eine Zwiebel entgegen, und Marianne sieht mir für ein paar Sekunden in die Augen, lächelt, sieht ihrem kleinen Bruder dabei sehr ähnlich.
Dann schält sie die Zwiebel mit groben Bewegungen, beginnt mit mir über das Buch zu reden, das sie gerade liest.
I Love Dick.
Ob ich das kennen würde?
Ich nicke zögerlich, spüre, dass die Frage ein Test ist. Ich sage, dass ich das Buch gelesen habe, kurz nachdem die Serie rausgekommen ist, dass ich sowohl das Buch als auch die Serie beeindruckend fand –
die weibliche Lust endlich mal entfesselt dargestellt, der Mann lediglich zum Objekt degradiert.
Energisch schiebt Marianne die Zwiebelbrocken zu meinen feinen Ringen, haut mit der Handfläche auf die Arbeitsplatte.
»Ganz genau, eine fucking großartige Geschichte!«, ruft sie, Julien und seine Mutter schrecken zusammen.
Dass sie doch gleich gewusst hätte, dass ich in Ordnung sei.

Ich wische mit den Fingerspitzen Zwiebelschalen zusammen, muss grinsen.

Juliens Vater kommt pünktlich zum Essen, er trägt ein stahlblaues Leinenhemd, hat noch ein bisschen weniger Haare als mit dreißig. Erst sagt er Ines und seiner Tochter Hallo, dann bemerkt er mich.
»Na, so was, eine junge Dame. Guten Abend.«
Er scheint sich aufrichtig zu freuen, mich zu sehen, gießt mir als Erstes ein großes Glas Weißwein ein.
Es sei immer schön, Besuch zu haben.
Er zwinkert mir zu –
umso schöner sei schöner Besuch.
Marianne macht ein Würggeräusch, Julien wirft eine Serviette nach seinem Vater.
Ines lacht herzlich, beginnt den Fisch zu zerteilen.

*

Auf dem Heimweg denke ich an einen Abend vor ungefähr zwölf Jahren.
Den Tag über hatte ich mit Bea fürs Mathe-Abi geübt, also vor allen Dingen Joints geraucht, Ofenbaguettes gegessen und Reality-TV im Privatfernsehen geschaut.
Spätabends lief ich nach Hause, mit hämmerndem leerem Schädel.

Meine Mutter war nicht zu Hause, Thorsten saß alleine im Wohnzimmer auf dem Sofa. Er hatte die Ellbogen auf die

Knie gestützt und den Kopf in den Händen vergraben, sah aus, als hätte jemand die ganze Kraft aus seinem Körper gelassen. Zwischen seinen Füßen stand unser altes Wählscheibentelefon.
»Wo ist Mama?«, fragte ich, um irgendwas zu sagen.
Thorsten schaute auf, sein Gesicht war rot und feucht, unter seiner Nase hatte sich Schnodder gesammelt.
Er sah aus wie ein untersetzter, trauriger Vierjähriger mit Schnurrbart.
Mit dem Hemdärmel wischte er sich über das Gesicht, räusperte sich zweimal.
»Mit den Mädels unterwegs«, sagte er, seine Stimme klang ein paar Nuancen höher als sonst. Dann musterte er mein Gesicht, verlor für einen Moment das Traurige im Blick und sagte streng:
»Du hast heute kein bisschen was für Mathe gemacht, das kannst du mir nicht erzählen.«

Neben allem, was bei ihm gerade los war, von dem ich keine Ahnung hatte und nicht sicher war, ob es mich interessierte: Die väterliche Sorge, dass ich mein scheiß Abi nicht gut machen werde, und dass sie größer war als sein eigener Kummer in diesem Moment – das haute mich um, das macht mich traurig bis heute.

*

Eva und Bea sitzen auf der Terrasse, haben die Lichterkette angemacht. Sie sehen entspannt aus, fröhlich, vertraut. Sie

bemerken nicht, dass ich näher komme, erst als ich direkt vor ihnen stehe, schrecken sie aus ihrem Gespräch hoch.
Ich sage Hallo und suche Beas Augen nach Wut ab, nach Vorwurf und Ärger.
Finde stattdessen nur erschöpfte Milde und Nachsicht.
»Na«, sagt sie.
»Hattest du einen schönen Abend?«
Ich nicke, bin erleichtert, lächle zu Eva rüber, bin dankbar, dass sie Bea eine gute Unterhaltung war, während ich treulos Zeit mit Julien und seiner Familie verbracht habe.
Eva mustert mich mit dunklen Augen, verbirgt ihre Skepsis mir gegenüber kaum.
Trotzdem klopft sie auf den Stuhl neben sich, sagt freundlich: »Komm, setz dich zu uns.«

*

Achtung! Bitte beachten Sie folgende Warnhinweise:
Tragen Sie keine synthetischen Stoffe. Tragen Sie stattdessen lange Baumwollkleidung.
Achten Sie auf Funkenschlag und offene Flammen. Sehhilfen, Fotoapparate und Kinderspielzeug können durch Funken Schaden nehmen.
Fassen Sie Feuerwerkskörper nicht an, zünden Sie keine Zigarette in der Nähe der Schießpulverfässer.
Halten Sie stets Sicherheitsabstand zu den Fackeln der Geisteraustreiber.
Geraten Sie bei Gedränge nicht in Panik.

Bea und ich stehen neben dem Bäcker, haben jede eine mit Käse überbackene Knusperstange in der Hand, betrachten kauend das neu aufgestellte Schild.
Heute seien Feste auf der ganzen Insel, Feste, um die Geister zu vertreiben, erklärt uns das deutsche ältere Ehepaar, das wir fragen, was denn los sei.
Der heilige Johann würde mit seinen Helferinnen und Helfern kommen und sie mit Fackeln und Feuerwerk jagen, sagt die Frau und gibt ihrem Mann einen Klaps auf den Po.
»Davon habe ich gehört!«, sagt Bea und freut sich.
Da ich Silvester meistens mit Ohrenstöpseln drinnen verbringe, hält sich meine Freude in Grenzen.

Am Strand sind Handwerker und Handwerkerinnen damit beschäftigt, Baldachine aufzustellen und Lichterketten anzubringen. Überall werden Feuerschalen befüllt, Bierbänke und Absperrungen aufgebaut. Eine Gruppe Teenies ist damit beschäftigt, Treibholz zu sammeln, zwei Männer verbuddeln einen Bierkasten in Wassernähe.
Bea und ich sitzen Seite an Seite und beobachten die Aufbauarbeiten, irgendwann sagt sie: »Dass du nicht auf die Idee kommst, mich heute Abend hängenzulassen. Wir treiben gemeinsam Geister aus.«
Ich nicke. »Klar, was denkst du denn?«
Den SMS-Verlauf zwischen mir und Julien erwähne ich nicht.

*

Jedes Jahr im Sommer gab es in unserer Heimatstadt eine Kirmes, die Trubelwiese genannt wurde. Sobald Bea und ich die Poster entdeckten, schwatzten wir unseren Müttern Fünfmarkstücke aus den Taschen und machten uns auf den Weg zu dem Acker, auf dem mal der Zirkus gastierte, mal ein Schützenfest veranstaltet wurde. Das Riesenrad stand neben einer Würstchenbude, das Spiegelkabinett neben dem CDU-Parteistand, am Autoscooter trafen sich die Männer mittleren Alters.

Beas Lieblingsattraktion war das Schießen, sie war ziemlich gut darin. Mit zwölf lehnte sie wie eine Scharfschützin über der wackligen Theke und brachte die Standbesitzerin um ihre Hauptpreise.

Ich verbrachte die Zeit damit, ihr zuzusehen, Waldmeisterlimonade zu trinken und das Treiben zu beobachten.

Es gab:

Neonfarbene Plüschfiguren, ausgeblichene Spielzeugverpackungen, riesige Spongebobs und Hello Kittys.

Fingerdicke Lakritzschlangen, rot glasierte Äpfel, in Schokolade ertränkte Bananen, Riesenschlümpfe, gebrannte Mandeln, Lebkuchenherzen (Zicke, Mausebär, Papa ist der Beste).

Schreiende Kinder mit schmutziger Zuckerwatte in den Händen, schimpfende Erziehungsberechtigte, johlende Jugendliche.

Wirbelnde Fetzen von Popmusik und den akustischen Elektrosmog der Fahrgeschäfte.

Eines Nachmittags tauchte eine Mutter mit ihrem Sohn neben uns auf, er war etwa in Beas und meinem Alter. Die Frau spendierte ihrem Sohn eine Partie Schüsse, und ich rückte beiseite. Der Junge legte das Gewehr ungelenk über seine Schulter, drehte es mühsam in Richtung der Ziele, erwischte schließlich kein einziges. Er schaute verlegen zu Boden.

Bea war fast fertig mit ihrer Runde und lehnte sich zu ihm rüber.

»Du hast das Gewehr nicht richtig gehalten, so kannst du gar nicht treffen. Du legst es hier dran, nicht über die Schulter.« Sie deutete an den Punkt unterhalb der Schulter und über der Achsel. Der Junge wollte es gerade nachmachen, doch die Mutter mischte sich ein. »Schon gut, er kann das alleine.«

Sie nahm ihrem Sohn das Gewehr aus der Hand. »Und ihr beide solltet euch wirklich mal überlegen, ob Schießen die richtige Beschäftigung für zwei Mädchen ist.«

Dann drehte sie sich um und zog ihren Sohn hinter sich davon.

Bea, die Standbesitzerin und ich schauten ihnen hinterher.

»Ich schmeiß noch eine Runde«, sagte die Standbesitzerin irgendwann, spuckte auf den Boden und lud Beas Gewehr nach.

*

Später hänge ich gerade Bea und meine Badesachen auf die Leine im Garten, als Eva und Rolf nach Hause kommen.

Sie sind schwer beladen mit Discountertüten. Ich helfe ihnen, in Plastik geschlagene Wasserflaschen und Kisten voller Obst und Gemüse reinzutragen.
Was wir denn heute Abend vorhätten, fragt Eva und räumt Lebensmittel in Küchenschränke. Ob Bea und ich Lust hätten, mit ihr und Rolf um die Häuser zu ziehen? Rolf sieht mich gespannt an, lehnt auf der Arbeitsplatte, schält eine Banane.
Klar, sage ich, lächle die beiden an. Ich habe das Gefühl, ich müsste mir auch mal ein bisschen Mühe mit ihnen geben.
»Das ist eine schöne Idee.«

Bea freut sich aufrichtig, dass ich zugesagt habe. Wir rasieren uns die Beine über dem Waschbecken im Bad, sie verspricht, die schlimmsten Böller von mir fernzuhalten, und versucht, mich dazu zu überreden, dass wir uns diesmal beide einen Zopf um den Kopf flechten.
»Du hast da was vergessen«, sagt sie und deutet auf den Flaum auf meinen Zehenrücken.
Ich schneide mich, als ich meinen Ringzeh rasiere, eine helle Linie Blut läuft mit einer Ameisenstraße Haarstoppeln in den Abfluss.

*

Die ganze Insel ist unterwegs, überall raucht und knallt es. Ich habe ein Basecap auf, gegen Funkenschlag und Flechtfrisur, Bea unterhält sich mit Eva über die Geschichte des Festes.

Im Zentrum der Feierlichkeiten würde die Sommersonnenwende stehen. In erster Linie ginge es darum, sich von Altlasten zu verabschieden und das Neue zu begrüßen, sagt Eva. Schon seit vielen Jahrhunderten würden Kulturen Feste dieser Art feiern: im Keltentum, um sich mit den Göttinnen und Göttern gut zu stellen, im alten Griechenland, um den Sonnengott und das Licht zu ehren. Das Christentum habe sich Mühe geben müssen, das Fest an ihre Religion anzupassen. Praktischerweise fiele das Datum um die Sommersonnenwende auf den Geburtstag von Johannes dem Täufer. Zacharius, der Vater von Johannes, habe nach der Geburt seines Sohnes angeblich erst mal ein großes Feuer gemacht. Somit sei man dann schnell zum Namen Johannisfest gekommen.
Rolf sieht etwas mürrisch aus, so als wäre es normalerweise seine Aufgabe, diese Hintergründe zu erklären. Er korrigiert Eva, murmelt düster:
»Zacharias. Der Vater von Johannes hieß Zacharias.«

Wir haben die Dünen erreicht, kommen zum Stehen an einem kleinen Lagerfeuer, über das hakenschlagend ein paar Kinder springen. Eva erklärt Bea und mir, dass das Glück bringen soll, warum, wisse sie selber nicht genau. Aber man könne die Symbolik hinter der Sache ja erahnen.

Rolf springt als Erster über das Feuer, Bea hinterher. Ich bin sicher, dass Beas Rock kurz in den Flammen hing, aber natürlich fängt sie nicht an zu brennen. Bea ist unverwundbar. Eva schaut mich an, sagt: »Na los.«

Widerwillig mache ich einen kleinen Galopp über die Flammen, die anderen klatschen, ich bin gleichermaßen stolz und peinlich berührt.

Wir holen uns eine Chorizo im Brötchen, schlendern den qualmenden, überfüllten Strand entlang. Überall sind Trommelgruppen und Menschentrauben verteilt, die Insel erscheint mir viel größer und voller als die vergangenen Tage.

Ich notiere:

Eine Gruppe Holländerinnen und Holländer, die eine große Menge Kupfermünzen über ihre Schultern ins Meer schmeißen (auch das soll Glück bringen), ein circa Achtjähriger, der den Münzen heimlich hinterhertaucht.
Eine schöne Frau in Bauchtanzkostüm, die eben noch Feuer geschluckt hat, jetzt eine Zigarette raucht und telefoniert.
Eine Kleinfamilie, die eine komplette Campingsitzgarnitur dabeihat, mehrere Kühltaschen und eine große rote Boombox.
Ein junger Mann, der mit nachdenklicher Miene ein ganzes Ferkel am Spieß grillt.
Viele Menschen, die Weiß tragen, als wären sie von P. Diddy auf eine Party eingeladen worden (als Symbol der Reinheit).

Es wird langsam dunkel. Wir haben den Hafen erreicht, überall warten Menschen, sind dicht aneinandergedrängt. Ein Mädchen steht an der Absperrung zum Wasser, hüpft auf und ab, als wäre es mit Knallfröschen gefüllt.

Ihre Vorfreude überträgt sich auf mein Zwerchfell wie ein Wellenschlag, ich halte mir den Bauch.

Ein Boot biegt in den Hafen ein, fährt auf die Menge zu. An Bord sitzen zwei Dutzend Teufel mit bedrohlichen Masken, trotz der Wärme tragen sie rote lange Gewänder, haben neben Fackeln auch lange Holzstöcke in den Händen. Zu meinen Füßen klatscht ein Dreijähriger juchzend in die Hände, lässt sich nur gerade so von seiner Mutter davon abhalten, auf die Teufelsclique loszulaufen.

Kurz schäme ich mich dafür, dass mir das Prozedere Angst macht.

Rolf tritt neben mich, hält mir einen Becher Cuba Libre entgegen.

»Das sind nur Feuerläufer, die Dimonis, kein Grund zur Sorge.«

Das Boot legt an, die Feuerläufer springen der Masse entgegen, aus ihren Holzstöcken schlagen nun Funken. Vom Deck der *Symphony of the Seas* schießt ein Feuerwerk in den Himmel. Innerhalb weniger Sekunden ist alles um uns herum Funkenschlag, es sieht aus, als würde es kleine Blitze regnen. Von allen Seiten hört man Trommeln, Gelächter und fröhliche Schreie.

Ich fühle mich wie im Auge eines Feuerwerk-Orkans, vermutlich ist das mein schlimmster Albtraum, mein Herz beginnt schneller zu schlagen.

Eine Gestalt kommt mit einer Feuerrassel auf mich zugestürzt, sie sieht aus wie eine Mischung aus Ochse und Teufel, eine lange, ledrige Zunge hängt aus ihrem Mund.

Mir fällt nichts Besseres ein, als mir schreiend meine Hände vor das Gesicht zu halten.
»Sorry, Kumpel«, sagt Bea und schubst den Mann in eine andere Richtung, er fällt fast um.
Ich muss lachen, atme eine Wolke Qualm dabei ein und huste, bis mir Tränen in die Augen steigen.
Ein großer Drache auf Stelzen, der in den Nachthimmel Feuer speit, kommt wankend um eine Häuserecke gebogen, eine Kinderschar läuft kreischend und lachend um seine Stelzenbeine herum.
Bea jubelt, ich greife nach ihrer Hand.
Es herrscht ein unglaublicher Krach, die Feuerkracher schnarren und zischen. Ich habe das Gefühl, dass das Trommeln immer lauter wird, zwischen den Funken und Flammen tanzen und springen Menschen in Folklore.
Es riecht nach Silvester.

Bea und ich haben uns auf eine Absperrung gesetzt, schauen dem Treiben mit einigen Metern Sicherheitsabstand zu. Ich finde es erstaunlich, dass in diesem Getümmel niemand in Panik gerät, alles lacht und jubelt.
Die Dimonis sind in eine Art Straßenkampf mit einer Gruppe schwarz gekleideter Teenager verwickelt. Die mit Kapuzenpullovern und Tüchern vermummten Jugendlichen rennen den Dimonis mit Drohgebärden entgegen, versuchen ihnen ein Bein zu stellen, die Feuerläufer schleudern Funken, ab und an rempeln sie jemanden zu Boden.
Ein paar Meter weiter weg steht eine Gruppe Mädchen und schaut lachend zu.

Der Kampf erscheint mir nur auf den ersten Blick spaßig, je länger er geht, desto aggressiver wird er. Ich bin nicht sicher, wie man gewinnen kann in diesem Gerangel und worum es eigentlich geht.

Eva taucht vor Bea und mir auf, sie hat von irgendwoher eine Fackel aufgetrieben. Ein Kampfschrei dringt aus ihrer Lunge, und sie läuft Rolf entgegen.

Etwas später machen wir uns auf den Heimweg, wir haben den Feuerlauf hinter uns gelassen.
Bea hat sich bei Eva untergehakt, die beiden laufen vor Rolf und mir.
»Was für ein wunderschöner Abend«, sagt Bea, und Eva nickt.
»Ein wunderbares Johannisfest.«
Ich habe ein Brandloch im Top, Rolf eine Schmauchspur an seiner rechten Schulter.
Er dreht sich um, blickt zur Bar, ich schaue auf meine Armbanduhr.

*

Eine halbe Stunde später im Bett warte ich, bis Beas Atem ruhig und gleichmäßig wird, flüstere ein paarmal zum Test ganz leise ihren Namen.
»Bea,
Bea,
Bea.«

Bin mir irgendwann sicher, dass sie schläft, steige vorsichtig aus dem Bett. Meine Zehengelenke knacken wie stumpfe Äste. Ich ziehe mein Kleid vom Stuhl, schlüpfe hinein, greife meine Tasche und unseren Schlüssel. Dann schiebe ich mich vorsichtig durch die Zimmertür.

Meine Füße patschen auf der Marmortreppe, ich fluche, als ich gegen das Geländer stoße und es laut donnert. Niemand scheint mich gehört zu haben. Als ich mir mit meinem Handy im Flurspiegel ins Gesicht leuchte, steht plötzlich Rolf neben mir. Er trägt ein schwarzes, offenes Hemd, sein Bauch schimmert im Handylicht. Er sieht ertappt aus, als ob er ein Tier wäre, das in der Dunkelheit des Wohnzimmers lebt, nur selten Kontakt mit Menschen hat. Wir sagen beide nichts, schauen uns nur mit gerunzelter Stirn an. Rolf hat genau wie ich ein Paar Schuhe in der Hand.

Schließlich nicken wir einander zu, und ich verschwinde durch die Terrassentür.

Ich treffe Marianne und Julien am Strand, wir sind an dem Ende, wo es kaum Menschen über vierzig gibt.

Um ein riesiges Lagerfeuer hat sich eine große Gruppe verteilt, einige rösten Kartoffeln, andere starren abwesend in die Glut. Viele knutschen.

Ein Typ in nicht mehr ganz so weißen Klamotten spielt die Bluesversion von »Nobody's Fault but Mine« auf einer Gitarre, die zur Hälfte mit Gaffa-Tape beklebt ist. Julien und Marianne singen schief mit, ich klatsche den Takt schüchtern auf meinen Oberschenkeln.

Der Raver wirft büschelweise Dünengras in die Flammen,

es zischt und dampft, er springt umher, sieht aus wie ein aufgedrehter Schamane. Marianne hat einen Arm um meine Schulter gelegt, reicht mir ihr Bier.

»Gleich gehen alle schwimmen.«

Dass das Tradition sei, die Gesundheit schütze und Kraft gebe für die kalten Monate, fügt Julien hinzu.

Ich schaue auf das dunkle Meer, sage ausweichend: »Ich habe keinen Badeanzug drunter.«

Marianne schüttelt den Kopf, zieht sich ihr Oberteil über den Kopf, seufzt: »Du hast es nicht verstanden.«

Rechts neben ihrer linken Brustwarze sind Tigertatzen tätowiert. Ich versuche, nicht hinzustarren, doch es gelingt mir nicht.

Julien schlüpft aus seiner Hose.

Eine Gruppe Engländerinnen und Engländer läuft johlend an uns vorbei ins Wasser, ihre Pobacken leuchten orange im Licht des großen Lagerfeuers.

Julien stürzt hinterher, Marianne zieht mich mit. Stolpernd werfe ich Kleidungsstücke beim Laufen ab, gerate in einen rauschigen Zugzwang. Von überallher kommen nackte Körper dazu.

Das Wasser ist kühler als am Tag, und ich habe überraschenderweise weniger Angst vor der Tiefe als im Hellen. Vermutlich liegt es daran, dass alles gleichermaßen unberechenbar ist, der Kontrollverlust damit an Kontur verliert. Vielleicht liegt es auch daran, dass das Wasser nicht mehr türkis und glasklar ist, an Juliens und Mariannes Händen, die mich rechts und links hinter sich herziehen.

Später sitzen wir, in Handtücher gehüllt, da, die Geschwister haben sie von zu Hause mitgebracht. Wir trinken Sekt und teilen uns einen Joint mit dem Raver. Er hat nur ein T-Shirt an, auf dem »Disco & Noodles« steht, und alle Gliedmaßen von sich gestreckt. Sand klebt an den meisten Stellen seines Körpers, sein Penis sieht aus, als hätte ihn jemand gezuckert.

Zwei Typen mit Teufelshörnern auf den Köpfen tragen einen riesigen Verstärker an uns vorbei, innerhalb von wenigen Minuten steigt elektronische Musik mit dem Rauch zusammen in die Nacht, hat sich eine Traube Tanzender gebildet.

Julien und Marianne springen dazu, ich wehre ihre Versuche ab, mich mitzuziehen.

Der Raver robbt mir auf Knien entgegen, er hat den letzten Rest Joint zwischen den Fingerspitzen.

Ob ich einen Headshot haben möchte?

Ich habe das seit Jahren nicht mehr gemacht, überlege kurz. Früher hat es meistens zu guten Partys geführt. Ich zucke die Achseln und nicke, möchte wenigstens einmal heute Abend etwas Aufregendes alleine entschieden haben.

Mir Marihuana von einem halbnackten Siebzehnjährigen in den Kopf blasen zu lassen, scheint mir eine gute Idee zu sein.

Der Raver lehnt sich über mich, berührt mit seinen Lippen kaum meinen Mund und pustet dann eine dicke Ladung Rauch in mein Inneres.

Fetzen von Musik, Gelächter, Gebrüll, alles fällt schwer zu Boden.

Ich versuche, mich zusammenzureißen, kann trotzdem nach kurzer Zeit keinen einzigen tiefen Atemzug mehr nehmen.

Mein Sichtfeld wird mit jedem Lidschlag kleiner.

Ich höre Juliens Stimme wie durch Wasser neben meinem Kopf, jemand schiebt mich auf den Rücken, hebt meine Beine an.

Ein Rauschen geht durch meinen Körper, fährt von der Mitte meiner Brust bis in die Krone meines Kopfes.

Ich bin in eine Hülle aus Zittern gegossen, frage mich trotzdem, ob man wohl von oben in mein Handtuch gucken kann.

»The only way in is out«, sagt eine der Engländerinnen von vorhin.

Von irgendwoher ist sie in der Hocke sitzend neben mir aufgetaucht.

Sie trägt nun einen Häkelbikini und eine Haremshose, ihre Handgelenke sind voller Festivalbänder, Kettchen, Leuchtarmreife. Zwischen ihre Augen hat sie mit Neonfarben ein feines Muster gemalt, ein großes türkisfarbenes Bindi aufgeklebt.

Ich sehe sie wie durch ein Schlüsselloch.

Sie hält mit beiden Händen meinen Kopf, streift mit den Daumen über meine Augenbrauen und legt ihre Stirn an meine.

Für einen Moment bleiben wir in dieser Haltung, ich höre das Blut in meinen Adern schlagen, höre die Musik langsam lauter werden. Die Oberfläche meiner Haut fühlt sich an, als wäre sie mit Brausepulver überzogen.

Nach ein paar tiefen Atemzügen lässt die Engländerin von mir ab, lächelt mich noch mal an.

Dann ist sie aus meinem Sichtfeld verschwunden.

Der Schweiß ist vor lauter Schreck über so viel fremde Nähe in Sekunden an mir festgetrocknet, der Schwindel hat meinen Körper verlassen wie ein fliehendes Tier.

Erst jetzt bemerke ich, dass Julien vor mir sitzt, neben ihm hockt der Raver, beide machen ein besorgtes Gesicht. Marianne stützt meine Schultern, gibt mir Wasser zu trinken.

Sie sagt: »Okay. Zeit zu gehen.«

*

Julien setzt mich am Kirchplatz ab, damit sein Rollergeknatter bei uns im Haus niemanden aufweckt.

Er sieht mir beim Abschied lange und prüfend ins Gesicht, zwingt mich, noch mal einen Schluck Wasser zu trinken, fordert mich auf, ihm eine Nachricht zu schreiben, sobald ich im Bett sei.

Ich verdrehe die Augen, freue mich trotzdem über seine Sorge,

umarme ihn lange und sage Danke.

»Fürs Heimbringen und generell.«

Noch mal bleibt sein Blick an meinem Gesicht hängen, sein Kopf ist meinem sehr nah, wir halten beide kurz die Luft in unseren Lungen.

»Na dann«, sagt Julien irgendwann und atmet aus.

Er steigt auf den Roller, fährt noch mal einen Bogen, winkt in der Rechtskurve,
biegt dann ab.
Mein Herz schlägt vorwurfsvoll, erschöpft.

Kein Dimoni, kein Feuer ist mehr zu sehen. Die meisten Häuser liegen ruhig da.
Wenn ich an Gartenzäunen vorbeikomme, bellt ab und an ein kleines Hündchen kurz unmotiviert auf, aber meistens ist es still. Nur aus der Bar dringen noch lautes Gemurmel und Musik.
Ich werfe im Vorbeigehen einen Blick durch die Scheibe, bleibe überrascht stehen.
Rolf sitzt am Barklavier, singt rotwangig und aus voller Kehle, ich kann nicht hören, was.
Seine Finger hauen energisch in die Tasten, und zwei offensichtlich stark angeheiterte Frauen um die fünfzig singen mit hohen Stimmen mit, schmachten ihn dabei an, als wäre er ein großer Rockstar.
Fasziniert schaue ich einen Moment zu.
Rolf beendet seinen Song, knallt den Klavierdeckel zu, verbeugt sich mit der gleichen Bewegung. Die übrig gebliebenen Barbesucher und -besucherinnen lachen und applaudieren, die beiden Frauen drücken ihm auf jede Wange einen dicken Kuss, dann noch einen auf die Glatze.
Rolf erhebt sich fast lässig vom Klavierschemel, legt seine Arme um die Frauen, schwankt mit ihnen zum Zapfhahn.
Ich schaffe es erst nach fünf weiteren Minuten, mich von dem Anblick loszureißen.

*

Als ich mich leise durch die Terrassentür zurück ins Haus schiebe, brennt Licht im Wohnzimmer.
Ich schrecke zusammen, mein Körper reagiert widerwillig mit einem weiteren Schub Adrenalin.
Eva sitzt, in einen blumigen Morgenmantel gehüllt, im Sessel, vor ihr steht eine Flasche Rotwein. Der Fernseher flackert ihr tonlos ins Gesicht.
Ihre Mimik ist schwer zu lesen, sie schaut wie versteinert ins Nirgendwo. Hat in einer Hand noch das leere Weinglas, in der anderen ihr Telefon.

Ich bin nicht sicher, ob sie mich sieht, ob ich Hallo sagen soll, entscheide mich dagegen.
Langsam und vorsichtig schleiche ich an ihr vorbei die Treppe hoch.
»Du bist also auch so eine Nachtschwärmerin«, höre ich sie sagen, als ich schon fast im Badezimmer bin.

Bea schläft tief und fest, als ich ins Zimmer komme, kurz leuchte ich in ihr Gesicht. Sie hat die Augenbrauen zusammengezogen, die Stirn in Falten gelegt, ihre Mundwinkel haben die Form von schiefen Bögen.
Leise schlüpfe ich aus meinem Kleid, es riecht nach Lagerfeuer. Ich stopfe es, so tief es geht, in meinen Koffer.
Was für eine verrückte Nacht, schreibe ich Julien.
Und dass ich hoffe, dass wir alle bösen Geister vertrieben haben.

Julien antwortet mit einem Foto von Dalida, auf dem sie herzhaft lacht.

*

Am nächsten Tag ist es schon vormittags unglaublich schwül. Bea und ich laufen früher als sonst zum Strand, haben es in unserem Zimmer nicht mehr ausgehalten. Sie ist ziemlich fröhlich heute, trägt den Sonnenschirm wie einen Spazierstock und summt eine kleine Melodie. Hier und da liegen noch die Holzstreben von Feuerwerk auf der Straße, ein paar zerknautschte Plastikbecher und Bierflaschen.

Auch mir geht es erstaunlich gut, ich merke nichts von den Strapazen der letzten Nacht, offenbar gerät mein Körper langsam in einen Ferienmodus.
Bea erzählt, dass sie geträumt habe, die Welt gehe unter.
Sie dreht sich zu mir um, macht ein dem Thema entsprechend unpassendes Gesicht.
Die ganze Menschheit habe sich am Meer versammelt, um dem Ende entgegenzublicken. Man habe eine unendliche Feuerwand über das Wasser rollen sehen, sie sei ganz langsam immer näher gekommen.
Wir hätten nebeneinandergesessen, schweigend dem Spektakel zugeschaut, und irgendwann hätte ich es so richtig mit der Angst zu tun bekommen und nach ihrer Hand gegriffen.
Bea bleibt stehen, greift jetzt meine Hand und schaut möglichst dramatisch.
»Ich«, sagt sie, »habe dich bloß ruhig angeschaut und ge-

sagt, dass du dich vor dem Tod nicht fürchten musst. ›Denn der Tod ist ja nur in Abhängigkeit vom Leben überhaupt existent, und wenn das Leben auf der Erde komplett ausgelöscht ist, gibt es auch den Tod nicht mehr‹, habe ich zu dir gesagt.« Sie grinst.

»Das hat dich beruhigt, obwohl wir beide wussten, dass es Quatsch war.«

Bea dreht sich wieder nach vorne, sagt gut gelaunt: »Ich bin nicht sicher, wer schlauer ist: mein Unterbewusstsein oder ich.«

*

Am Strand zeichne ich ein paar Wolken in mein Notizbuch: Eine sieht aus wie ein Osterhase, eine andere wie eine geballte Faust, andere wie Kontinente, Seepferdchen, einige sehen aus wie aus Bilderbüchern, luftig, bauschig, strahlend weiß.

Manche sind eigentlich nur dünne Kondensstreifen von Flugzeugen.

Ich schiebe die Hitze vor, sage Bea, dass ich mir mal ein bisschen die Beine vertreten müsse, die Schwüle aus den Knochen schütteln. Dass ich ihr auf dem Rückweg ihr Lieblingseis mitbringen werde.

Es ist ein Vorwand, um Julien zu sehen. Er liegt mit ein paar Freundinnen und Freunden am gleichen Ende des Strandes, an dem wir gestern unsere Gesundheit gestärkt und das Neue begrüßt haben.

*

Julien und ich haben unsere Beine vor uns im Sand ausgestreckt, betrachten die anderen Badegäste.

Manchmal klebt sein Oberschenkel kurz an meinem, dann tritt Julien eine Fliege weg.

Ein paar Meter vor uns bläst ein schwitzender Mann einen großen Pinguin für einen kleinen Jungen auf. »Ich hätte auch gern so ein Tier fürs Wasser«, sage ich. »So ein großes Ding. Keinen Vogel oder Hummer. Am besten ein Krokodil, wie der Typ da drüben. Ich glaube, ein Krokodil wäre gut.«

Julien schweigt kurz, sagt dann:

»Wusstest du, dass die Augen und Nasenlöcher von Krokodilen so hoch liegen, damit sie fast komplett untertauchen, trotzdem noch atmen und aus dem Wasser gucken können?«

Ich schüttle den Kopf.

»Und wusstest du, dass das Geschlecht eines Krokodils von der Nesttemperatur abhängt? Werden die Eier unter dreißig Grad bebrütet, schlüpfen Weibchen. Bei über vierunddreißig Grad nur Männchen. Aber in den Eiern sind immer dieselben Chromosomen.«

»Werden die Eier unterschiedlich tief vergraben«, sagt er, »kommen unterschiedliche Geschlechter zustande.«

Ich sage: »Hitze und Zufall also.«

Er nickt, seine Augen suchen den Himmel ab, streifen die Wolken, die Leichtflugzeuge, die Sonne, dann schaut er mir direkt ins Gesicht.

Ich schaue mit zusammengezogenen Augenbrauen zurück, habe mein Kinn auf meine rechte Hand gestützt.

Der Raver lässt sich irgendwann neben uns fallen, legt mir einen Arm um die Schulter, fragt mich, ob es mir besser ginge. Er hat offensichtlich ein schlechtes Gewissen.
Ich nicke, beruhige ihn. Alles in Ordnung, alles okay.
Er sieht erleichtert aus, sagt, dass es später eine Party bei den Zwillingen gäbe.
Ob ich auch käme?
Julien legt seinen Arm von der anderen Seite dazu, sieht mich gespannt an.
Ich fühle mich wie die Butter in einem erwartungsvollen Sandwich.
Eigentlich bin ich zu müde für eine weitere lange Nacht, für noch mehr Alkohol und Marihuana.
Julien drückt meine Schulter, seine Augen blitzen. Schließlich höre ich mich sagen:
»Klar, ich komme.«
Der Raver drückt mir fröhlich einen feuchten Kuss auf die Wange, Julien ruft »Phantastisch!« (auf Italienisch), von schräg links streckt Marianne einen Daumen in die Höhe.

*

Als ich eine halbe Stunde später wieder bei Bea bin, gibt es keine Wolken mehr am Himmel, er ist ein grauweißes Rauschen geworden und das Meer am Toben.
Kinder werden aus dem Wasser in große Handtücher getrieben, hastig abgerubbelt, Sonnensegel im Eiltempo zusammengerollt.
Mit großen Happen isst Bea ihr Sandwich-Eis, während wir

unsere Sachen zusammenpacken, dann schlagen Tropfen in dunklen Kratern in den Sand. Wir beginnen loszulaufen, ein erster tiefer Donner grollt, obwohl noch kein Blitz zu sehen ist.
Wir kommen vor dem Supermarkt zum Stehen, der Regen trommelt auf das Vordach, rinnt in silbergrauen Fäden in den Boden und vermischt sich mit dem Straßenstaub zu einem Schmutzfilm auf unseren Füßen. Wir schweigen, und ich überlege, ob ich Bea von der Party erzählen soll.
Ich muss an einen Abend vor vielen Jahren in der Wabe denken.

Die Wabe war der Jugendklub in unserer Heimatstadt. Ein kleiner Kirchenanbau, rau verputzt und gelb gestrichen. Ein paar Sprüherinnen und Sprüher hatten die Frontseite verziert, die meisten Graffiti stellten ausladende Schriftzüge dar, Sterne, jemand hatte in dicken Lettern »Life is Music« geschrieben, dem Pfarrer zuliebe einen freundlichen Jesus gesprüht. Er trug ein nach hinten gedrehtes Basecap zum Dornenkranz.
Bea und ich hatten inzwischen etwas mehr Routine beim Ausgehen, wussten schon, welche Getränke wir vermeiden sollten, welche unbedingt getrunken werden mussten, damit der Abend gut würde. Unsere Rucksäcke waren voll mit billigem Erdbeerlikör und Kirsch Porter, die Flaschen schlugen beim Laufen aneinander. Ich trug einen kurzen Rock und dazu Overknee-Strümpfe, die mir ständig runterrutschten und die ich bei jedem zweiten Schritt ungelenk hochzog.

Bea war nervös an dem Abend. Die Schulband High Voltage spielte, und ihr Schwarm Martin war der Sänger.
Martin war groß, breit gebaut, hatte Dreadlocks, trug Shirts mit kubanischen Revolutionsführern und tiefhängende, weite Hosen.
Ich hakte mich bei Bea unter und sagte munter: »Du siehst toll aus heute. Martin wird Augen machen.«
Bea warf mir einen skeptischen Blick zu, murmelte etwas unverständlich Unwirsches, zupfte an ihrem Ausschnitt herum, schwieg ansonsten.

Dabei sah sie wirklich wunderschön aus an dem Abend: Ihr blondes Haar war lang und weich, sie trug ein tief ausgeschnittenes schwarzes T-Shirt und einen schwarzen Rüschenrock zu Schnürstiefeln. Sie strahlte Stärke aus, eine warme Kraft, genau wie heute auch noch.

Am Eingang der Wabe saß der Jugendsozialarbeiter, der tagsüber mit uns Bänke aus Paletten baute, Hörspiele aufnahm und bei Ärger mit Eltern vermittelte.
Abends übernahm er den Einlass und sorgte an der Bar dafür, dass an die Minderjährigen kein Alkohol ausgeschenkt wurde.
Er stempelte uns fröhlich eine Biene aufs Handgelenk, und wir klimperten an ihm vorbei.

Grünes und rotes Licht flackerte über die Tanzfläche, jemand hatte die Nebelmaschine angeworfen, die immer roch wie ein verstaubter Haartrockner. Es war schon relativ voll.

Auf der Bühne war noch Soundcheck, Martin war nicht zu sehen. Nervös flog Beas Blick durch den Raum. Ein paar andere Mädchen hatten sich schon in der Nähe des Hauptmikrofons positioniert, hatten die Köpfe zusammengesteckt, lauerten ähnlich auffällig wie Bea.
Schließlich kam erst die Schlagzeugerin auf die Bühne, dann die anderen Bandmitglieder, als Letztes Martin.
Die Mädchen in der ersten Reihe stießen einen hohen Ton aus, Bea verdrehte genervt die Augen.

Für eine Schulband waren High Voltage ziemlich gut, was hauptsächlich daran lag, dass Martin einigermaßen singen und die Schlagzeugerin den Takt halten konnte.
Sie coverten die Lieder, die uns allen etwas bedeuteten. Bei »Smells Like Teen Spirit« begannen ein paar Jungs mit den Schultern gegeneinanderzustoßen. Der Jugendsozialarbeiter unterbrach das Set und ermahnte zur Vorsicht.
Danach spielte die Band eine Ballade von Oasis – *die* Ballade von Oasis –, und die Mädchentraube wiegte sich verträumt hin und her. Ich machte verstohlen und mit einem gewissen Sicherheitsabstand mit.
Nach einer Weile fiel mir auf, dass Martin Bea vom Bühnenrand aus fixierte. Liam Gallagher in Martin leierte, hatte nur Augen für Bea. Ich jubelte innerlich. Mit einem etwas verdatterten Gesicht drehte sich Bea zu mir.
»Er guckt die ganze Zeit rüber, wie kann das sein, dass er guckt?«
Ich versuchte sie zu ermutigen: »Bea, du siehst wirklich toll aus heute Abend, warum sollte er nicht gucken?«

Sie fuhr sich nervös durchs Haar.
»Ich brauch was zu trinken.«

Wir schlossen uns in einer der Damentoiletten ein, standen auf dem Toilettendeckel und hatten uns an die Kabinenwand gelehnt. Es roch nach feuchten alten Rohren und Essigreiniger. Bea nahm kräftige Schlucke vom dickflüssigen Likör, spülte nach mit dunklem Kirschbier.
Die Tür zu den Toiletten ging auf, und Martins Fanklub kam herein. Er schien uns nicht zu bemerken.
Tinas Stimme war am lautesten zu hören: »Er ist so heiß!«
Bestätigendes Gezwitscher.
»Ein richtiger Sexgott«, echote es aus mehreren Mädchenmündern.
Für einen Moment schienen alle mit dem Richten von Haaren und dem Nachziehen von Schminke beschäftigt zu sein.
Dann fragte Tina: »Habt ihr die dicke Bea mit ihrem rothaarigen Schatten gesehen?«
Ich konnte hören, wie sie die Augen verdrehte.
»Megapeinlich, die beiden. Die Dicke sieht aus wie meine Oma, in ihrem komischen Rock.«
Gemeinschaftliches Gekicher.
Ich konnte Beas Gesicht nicht sehen, es war verborgen hinter einem Schwall Haare.
Ihre Fingerknöchel am Flaschenhals wurden weiß.
Wir hörten die Tür aufgehen, Hacken klackern.
Dann wurde es still.

Ich versuchte, den Moment zu überbrücken, indem ich nach einer weiteren Flasche Bier kramte, sie ungeschickt mit meinen Zähnen öffnete.
Bea sah mich mit finsterer Miene an, nahm mir die Flasche aus der Hand und exte sie weg.

Wir wollten über den Hinterausgang abhauen, so unauffällig wie möglich. Bea hatte keine Lust mehr zu bleiben. Mein Magen fühlte sich verklebt an vom Likör, ich hatte mir ein kleines Stück Eckzahn beim Bieröffnen abgebrochen.
Zu unserer großen Überraschung lehnte Martin neben dem Hinterausgang an der Wand und rauchte einen ziemlich dicken Joint.
Erst blieb Bea wie erstarrt stehen, dann sammelte sie sich wieder und wollte schnell an ihm vorbeigehen.
Er griff nach ihrem Arm, stellte sich vor sie.
»Hey, warte.«
Beas Schreck schoss auch in meine Knochen.
Martin nahm Beas Kinn in die Hand, betrachtete sie für einen kurzen Moment andächtig, abschätzend.
»Bist du sicher, dass du schon gehen willst?« Er hatte die Augenbrauen zusammengezogen. »Vielleicht drehen wir vorher noch eine Runde.«
Ich hielt vor Spannung den Atem an.
Bea schien kurz zu überlegen, ihr Blick flackerte zu mir rüber.
Ohne zu wissen warum, nickte ich kaum merklich.
»Okay«, sagte Bea.
Dann verschwanden die beiden auf die barrierefreie Einzeltoilette.

Ich stand etwas verloren zwischen Bar und Bühne herum, hatte die Toilettentüren fest im Blick.
Endlich sah ich Martin zurück in den Raum kommen, er rieb sich geschäftig die Hände. Die Tür hinter ihm blieb zu.
Ich schob mich zwischen den tanzenden Körpern hindurch zu Bea.
Sie saß auf dem Toilettendeckel, hatte sich mit beiden Armen auf den Griffen neben sich aufgestützt. Sie sah zerwühlt aus, müde. Ich konnte nicht anders, als sie fragend anzusehen. Bea stand auf, drehte sich zu mir. Dann sagte sie trotzig:
»Ich habe nein gesagt.«

Als wir später aus der Kabine rauskamen
– ein paar Jungs machten Lesben-Kommentare –,
waren Martin und Tina gerade dabei, gemeinsam zu gehen.
Tina sah stolz und glücklich aus, Martin winkte den anderen Bandmitgliedern lässig zu.
Dann schoben sie sich Arm in Arm gemeinsam in die Nacht.

Bea sah die Eingangstür noch einige Momente an, nachdem sie sich hinter den beiden geschlossen hatte. Sie hatte einen harten Gesichtsausdruck im Gesicht, griff nach ihrem Rucksack und sagte: »Ich würde gern alleine nach Hause laufen.«
Sie sah mir kaum ins Gesicht.
»Ich brauch mal meine Ruhe.«
Dann drehte sie sich um und ging zielstrebig davon. Ich stand da, wusste nicht, ob ich Bea nicht doch hinterhersollte.

Sah sie im Pulsschlag des Lichts kleiner werden, schließlich verschwinden.
»Ist alles okay mit ihr?«, fragte eine tiefe Stimme hinter mir. Ich drehte mich um, und vor mir stand ein Typ aus der Klasse über uns.
Amir.

*

Bea nimmt eine lange Dusche nach dem Strand, trägt mir auf, das Abendessen zu planen. Ich stehe ratlos vor dem Kühlschrank. Unsere Vorräte scheinen zum größten Teil aus Dosenbier und Zitronenmarmelade zu bestehen, und das, obwohl wir täglich einkaufen.
Eva kommt mit schnalzenden Schritten in die Küche, ruft dabei meinen Namen.

Ob alles in Ordnung sei bei Bea und mir, wir eine gute Zeit hätten?
Ich nicke und bete die naheliegenden Kommentare runter: Dass der Ort total schön sei, viel ruhiger als erwartet. Dass ich so gut schlafe wie schon lange nicht mehr. (Ich lobe Evas und Rolfs Wahl der Gästematratze – da hätten sie offensichtlich keinen Cent gespart.)
Und natürlich: dass wir verdammtes Glück mit der ganzen Sonne hätten. Das Gewitter sei ja auch schon wieder abgezogen.
»Glück«, sagt Eva, »hast du vor allem mit deiner Freundin Bea.«

Sie schaut mich mit einem unerwartet harten Gesichtsausdruck an.
Ob mir das eigentlich klar sei?
Ob ich damit immer schon so nachlässig umgegangen sei?
Ich antworte nichts, halte dafür trotzig Evas Blick stand.
Flausen wegen Männern im Kopf zu haben sei normal, seine Freundin dafür im Stich zu lassen hingegen ein dummer jugendlicher Fehler.
Eva sagt etwas, das wie aus einem Schlagerhit klingt und deshalb vermutlich wahr ist:
»Männer kommen und gehen, echte Freundinnen hast du für immer.«
Mir wird das erste Mal klar, dass Eva ziemlich einsam auf der Insel sein muss.
Ich nicke, weiß nichts zu erwidern, sage stattdessen:
»Ich wollte gerade los, was zum Grillen einkaufen für heute Abend.«
Dann greife ich nach meinem Geldbeutel und einer Tragetasche und verschwinde, so schnell es geht, aus der Küche.

*

Im Supermarkt stehe ich vor dem plastikverpackten Fleisch, drücke einen Finger in kalte Wurstmasse.
Ich muss an einen Abend denken, als Beas Eltern mich und meine Mutter zum Essen einluden.
Es war das erste und letzte Mal, dass unsere Eltern sich bewusst trafen, die Initiative war von Beas Mutter ausgegangen. Sie hatte meine Mutter nach einem Elternabend

abgefangen, nervös und rotwangig, gesagt, dass es schön wäre, wenn wir am Wochenende vorbeikämen. Dass sie sich freuen würde, sie besser kennenzulernen.
Meine Mutter hatte die Einladung in ziemlich großen Stress versetzt.

Wir hetzten am darauffolgenden Samstagnachmittag durch die Gänge des Supermarkts, suchten nach etwas, das wir mitbringen konnten. Meine Mutter schickte mich los, eine Weinflasche unter sechs Euro mit schönem Etikett auszusuchen, stand irgendwann vor mir mit einem Baguette in der Hand, das sie hielt wie eine Lanze. Sie sagte:
»Bei solchen Verabredungen geht es nicht darum, sich kennenzulernen, sondern zu zeigen, was man hat und was nicht.«
Sie war zu dem Zeitpunkt noch nicht mit Thorsten zusammen, hielt sich mühsam mit Gelegenheitsjobs über Wasser. Dass sie alleinstehend war, war regelmäßig Thema: bei den anderen in meiner Klasse, in unserer Nachbarschaft, bei meinen Großeltern, bei ihren eigenen Freundinnen.
Sie griff auf dem Weg zur Kasse nach einem schlaffen Nelkenstrauß, zog mich hinter sich her und rollte die Augen in Richtung Decke.

Bei Bea und ihren Eltern angekommen, fiel mir als Erstes auf, wie nervös Beas Mutter war. Sie hatte sich die blonden Locken hochgesteckt, trug eine rosafarbene Seidenbluse und mehr Schminke als sonst. Über die Blumen schien sie sich aufrichtig zu freuen.

Der Vater hatte sich eine Krawatte zum Jeanshemd umgebunden, gab meiner Mutter einen Handkuss und sagte mit ungewohnter Stimme: »Dass Sie eine elfjährige Tochter haben, ist nicht zu fassen.«
Bea und ich sahen uns mit aufgeblähten Backen an, unterdrückten beide ein Kichern. Hinter seinem Rücken verrutschte das Lächeln im Gesicht seiner Frau.

Beas Eltern zeigten meiner Mutter das Haus bis rauf unters Dach, den ausgebauten Partykeller und den Handwerksschuppen. Dann führten sie uns zu dem reichlich gedeckten Tisch, der unter einem Gartenpavillon aus Plastik stand. Nebenan zischte der Elektrogrill, Beas Vater begann fachmännisch, Fleisch darauf zu verteilen.
Schnell vermischte sich der Duft der Citronellakerzen mit dem Duft von gewürztem Fett, schnell schwatzten unsere Eltern ziemlich vertraulich miteinander. Sie sprachen beim Essen über Bea und mich, als wären wir nicht anwesend, bestätigten sich darin, was für ein Glück es sei, dass wir uns gefunden hätten. Gerade Bea sei ja nicht das einfachste Kind, sagte Beas Vater, und Bea schaute mit rotem Kopf auf ihren Teller.
Beas Mutter sprach lange darüber, was für ein Geschenk es sei, nicht mehr zu arbeiten, sprach einen Moment zu lange davon, dann boten sich alle das Du an.
Irgendwann war Beas Vater ziemlich angeheitert, er lehnte sich über den Tisch nach vorne und sah meine Mutter eindringlich an.
»Jetzt mal ganz ehrlich, Gabriele. So eine schöne Frau wie

du kann sich doch bestimmt vor Verabredungen gar nicht retten. Bist du gerade auf der Suche?«
Beas Mutter lachte künstlich, ermahnte ihren Mann, nicht so indiskrete Fragen zu stellen. Trotzdem flackerte ihr Blick neugierig zu meiner Mutter.
Die lehnte sich zurück in den Stuhl, schüttelte den Kopf und sagte: »Nein, ich habe keine Verabredungen. Wenn ich Lust hätte auf schlechte Gespräche und mittelmäßigen Sex, hätte ich auch verheiratet bleiben können.«
Dann trank sie ihr Glas Rotwein in einem Zug aus.

*

Bea und ich haben den Grill an unsere Seite der Terrasse gezogen, eine große Schale Salat gemacht und Holundersirup mit Sekt in eine Wasserkaraffe gefüllt. Auf dem Grill brutzeln dünne Würstchen, Maiskolben und ein grünliches Nackensteak.
Ob ich wüsste, dass der Kai die Tina geheiratet hat, fragt Bea irgendwann. Das zweite Kind sei unterwegs.
Ich taste mich kurz innerlich nach einer Regung ab, empfinde nichts. Meine erste Beziehung wirkt inzwischen sehr weit weg, ich weiß nicht mal mehr genau, wie Kai und ich nach dem Lavalampenabend überhaupt zusammengekommen sind.
»Schön für die beiden.«
»Eine Zeit lang hätten alle gedacht, dass ihr mal heiratet. Es stand sogar im Jahrbuch. Weißt du noch?«
Ich zucke mit den Schultern, sage nichts.

Für einen Moment ist Stille.
Die schwarze Katze starrt vom Nachbargrundstück rüber, mauzt immer mal wieder halb klagend, halb schmeichlerisch.

»Gibt es Sachen, die du bereust?«, frage ich irgendwann in die Stille hinein, denke dabei bewusst keine Namen.
Bea lehnt sich ächzend in ihren Stuhl zurück, sieht mich aus fast geschlossenen Augen ein wenig feindselig an.
Sie nimmt noch einen Schluck Hugo, bevor sie antwortet.
»Ich wünschte, ich hätte besser zugehört, als mir jemand die ganzen Wunder erklärt hat. Warum Wasser mehr wird, wenn es friert. Wie Sterne entstehen. Wie Strom funktioniert. Schwerkraft, Photosynthese, Herzschlag.«
Einen Moment schweigen wir.
»Du könntest googeln«, sage ich schließlich.
»Stimmt, das könnte ich. Aber ich wünschte manchmal, ich hätte einfach zugehört.«
Dann macht Bea die Augen zu.

Die Katze klettert kurze Zeit später den Metallzaun zum Nachbargrundstück hoch.
Etwa einen Meter über Beas und meinem Kopf scheint sie sich verschätzt zu haben, kommt nicht mehr zurück, hängt mit der einen Katzenkörperhälfte auf unserer Zaunseite, mit der anderen schief und bedrohlich über der leeren Regentonne nebenan.
Sie miaut kläglich.
Bea sagt: »Du dummes Tierchen.«

Sagt es zärtlich.
»Jetzt musst du dich entscheiden, was du machst.«
Ich stehe auf, stelle mich vor die Katze, sie schaut ängstlich,
vorwurfsvoll, nicht uninteressiert.
Ich strecke ihr meine Hände entgegen.
Na komm, komm.
Bin nicht sicher, ob sie Deutsch versteht, wie viel Menschensprache Katzen generell kapieren. Sie scheint abzuwägen, hört auf zu klagen. Ihre Augen leuchten hellgrün, für einen Moment fixieren sie mein Gesicht.
Dann gibt sie sich einen kräftigen Ruck, schleudert mir ihren Körper entgegen, sieht dabei aus wie eine Mischung aus Flughörnchen und Fledermaus.
Ich fange sie auf, sie landet direkt in meinen Händen,
wir schauen uns verblüfft an, triumphierend.
Dann gähnt sie und leckt sich gelangweilt die Pfoten.

Nach dem Sprung liegt die Katze mit einer erstaunlichen Selbstverständlichkeit auf dem Gartenstuhl zwischen Bea und mir, lässt sich mit Wurst und Fettresten füttern.
»Schade, dass wir bald nach Hause fliegen«, sagt Bea.
»So eine wie du hat in unserer Runde gefehlt.«

*

Ich wiederhole das nächtliche Prozedere, flüstere Beas Namen, flüstere ihn in ihren schlafenden Kopf, als wäre er eine Zauberkugel, lasse mir Zeit damit.

Wieder schläft sie tief und fest.
Kurz sitze ich da und bewundere diesen entschlossenen Schlaf, habe das Bedürfnis, ihr über die Wange zu streichen.
Lasse es sein.
Mein Kleid und meine Tasche habe ich vorher unauffällig zurechtgelegt, das als Markierung verstanden, wirklich gehen zu wollen.
Ich greife beides im Vorbeigehen, ziehe vorsichtig noch zwei Zigaretten aus der Schachtel, die auf Beas Nachttisch liegt.
Ich fühle mich, als würde ich meine Mutter beklauen.

Meine Haare raufe ich auf der Treppe nach unten zu einem Knoten zusammen, er schlägt hohl zwischen meinen Schulterblättern auf beim Laufen, ich verreibe, ohne hinzugucken, etwas Rot auf meinen Lippen.
Kurz bin ich über meinen harten, trotzigen Gesichtsausdruck im Flurspiegel überrascht, als ich das Ergebnis meiner dürftigen Verschönerungen überprüfe – dann ziehe ich leise die Tür hinter mir zu.

Vor dem Haus werfe ich noch mal einen Blick hinauf zu dem Fenster von Beas und meinem Zimmer.
Als ich mich gerade wegdrehen will, geht das Licht an.
Mein Herz sinkt mir in die Knie.
Für einen Moment weiß ich nicht, was zu tun ist, mein Körper ist zu einer Hälfte Aufbruch, zur anderen Hälfte erstarrt.
Ich sehe Juliens Roller am Ende der Straße auftauchen, an der hintersten Ecke meines Blickfelds. Ich drehe mich

schnell um, nehme meine Flipflops in die Hand und laufe los, bevor ich es mir anders überlegen kann.

Julien sagt nichts dazu, dass ich außer Atem und barfuß vor ihm auftauche.
Er sieht mich nur mit schräg gelegtem Kopf an, lächelt und sagt: »Du siehst schön aus.«
Er schiebt den Helm über meine roten Ohrenspitzen, und ich steige hinter ihm auf den Roller, zünde mir eine Zigarette an, die zweite für ihn.
Dann lege ich meine Hände locker um Juliens Taille, schließe die Augen und puste eine warme Wolke Rauch in die Nacht.

Das Ferienhaus der Zwillinge ist eine der Villen, von denen Julien vor ein paar Tagen noch gesprochen hat. Wie er, Marianne und die anderen aus ihrer Clique machen die Zwillinge, seit sie klein waren, mit ihrer Familie Ferien auf der Insel, haben eine über mehrere Generationen eingespielte Urlaubsroutine, wohnen den Rest des Jahres in europäischen Hauptstädten.
Wir halten neben einem großen schwarzen Auto, die Auffahrt ist so breit wie Evas und Rolfs ganzes Haus. Überall verschließen Schieferplatten den Boden gegen das Unkraut. Julien bemerkt meinen Blick, entscheidet sich, nichts dazu zu sagen.
Uns wird geöffnet von einer schönen jungen Frau mit dunklen langen Haaren. Sie trägt von Kopf bis Fuß Türkis, hält ein Martiniglas in der rechten Hand.

Auf jedem Zentimeter ihres Gesichts breitet sich Freude darüber aus, Julien zu sehen. Sie drückt ihn fest an sich, Eifersucht kriecht mir die Kehle hoch. Gleichzeitig bin ich beeindruckt davon, dass sie bei all dem Schwung keinen Tropfen ihres Getränks verschüttet.
Über Juliens Schulter blickend bemerkt sie mich, ihre Freude wird noch größer. Sie ruft auf Englisch, der Hauptverkehrssprache im Freundeskreis: »Du hast noch jemanden mitgebracht, wie schön!« Auch mich drückt sie fest an sich, ich rieche ihre Haare, spüre die Kraft ihrer warmen nackten Arme an meinem Rücken. Sie fühlt sich teuer und kostbar an.
Kurz schließe ich die Augen.

Der Eingangsbereich der Villa besteht aus hellem Terrazzoboden, dunkelgrünen hohen Pflanzen, Glas und Beton, man hört bereits die Bässe aus dem Garten.
Wir gehen an einer Küche vorbei, an einer Kücheninsel, die so groß ist wie ein Kleinwagen. Sibyl, die Gastgeberin, zieht eine schwere dunkelgraue Kühlschranktür auf, holt eine vereiste Flasche Wodka raus.
»Ein Willkommensdrink.«
Sie fischt mit langen, schmalen Fingern zerstoßenes Eis aus dem Kühlfach, verteilt es auf flache Kristallgläser, lässt lachend ihren feuchten Zeigefinger meine Wirbelsäule hinunterfahren. Verlegen verschränke ich meine Arme über dem Brustkorb, versuche, meine harten Brustwarzen zu verbergen.
Sibyl wirft eine Scheibe Zitrone und ein paar Brombeeren

in die Gläser, gießt den Mix mit einem sehr großen Schluck Wodka auf.
Die Beeren bluten gemächlich in die klare Flüssigkeit, wir prosten uns zu.

Im Wohnzimmer sitzt Marianne mit einem großen Typen auf einem tiefen cremefarbenen Sofa, hat die Beine über seine gelegt. Sie reden mit entspannten Gesichtern, halten sich an den Händen, wieder bin ich eifersüchtig.
»Sibyls Bruder Michal«, sagt Julien, schiebt mich auf die beiden zu.
Auch Michal strahlt, als er Julien und mich sieht, hebt Marianne über seinen Schoß und steht auf. Julien schüttelt er fast schon förmlich die Hand, mir gibt er links und rechts einen Kuss.
»Wie schön, dass ihr hier seid.«
Seine Stimme ist tief.
Er hat lange Wimpern, dunkle Locken wie Julien, aber sie kräuseln sich viel feiner. Sein Mund ist groß und tiefrot, genau wie seine Schwester hat er eine Zahnlücke, sehr viele Sommersprossen. Anders als meine Sommersprossen, die meine Gesichtszüge komplett zu verschlucken drohen, akzentuieren seine die Kanten seines Kiefers, die Ränder seines markanten Gesichts.
Er ist so schön, dass er mir künstlich vorkommt, ich suche heimlich nach einer sich abzeichnenden Verdrahtung unter seinem T-Shirt, einem synthetischen Schimmer in seinem Blick.
Marianne legt ihre Arme um meine Schultern, drückt mir

einen Kuss auf die Wange. Ich bin unfreiwillig verlegen. Alle lachen, herzlich und unbekümmert.

Im Garten sind ungefähr dreißig, vierzig Menschen am Tanzen oder auf helle Gartenmöbel verteilt, natürlich gibt es einen Pool, in dem ein paar Körper in knapper Badekleidung schwimmen. Niemand ist älter als zwanzig, die wenigsten volljährig.

Der Raver kommt aus dem Wasser auf uns zugesprungen wie ein großer, nasser Windhund, auch er schlingt seine Arme um mich. »Du bist da, hallo.«

Er hinterlässt einen feuchten Körperabdruck auf meinem Kleid.

Dann begrüßt er Marianne, hebt Julien kurz hoch. Die beiden verschwinden auf die Tanzfläche. Julien versichert sich mit einem Blick über die Schulter, dass es okay ist, mich alleine zu lassen. Marianne verdreht die Augen, ruft:

»Du bist nicht ihr Daddy.«

Dann zieht sie mich zur Bar, die neben dem Pool aufgebaut ist.

Ich beschließe, mich nicht weiter zu wundern, nehme es hin, dass es an der Bar einen Barkeeper gibt, der uns fragt, was wir trinken wollen.

Marianne bestellt sich einen Wodka Soda mit extraviel Eis und Zitrone, macht das so souverän und sicher, dass ich in Zugzwang gerate. Kurze stottere ich, dann sage ich: »Sex on the Beach.«

Der Barkeeper muss lachen, Marianne legt den Kopf schief.

»Okay.«

Wie da das Rezept sei, fragt mich der Barkeeper, ich zucke verlegen die Schultern. Er zieht sein Smartphone aus der Tasche, googelt, kramt dann zwischen den Flaschen.

Fünf Minuten später hält er mir das Glas entgegen, er hat sich Mühe gegeben und sogar eine Dekoscheibe Ananas an den Rand geklemmt, von irgendwoher einen Cocktailwedel aufgetrieben.

Verstohlen beobachte ich das Treiben um mich herum.

In Gedanken notiere ich:

Eine wunderschöne DJane mit großen goldenen Kopfhörern auf den Ohren, einem breiten Lächeln im Gesicht. Es sieht aus, als fließe die Musik von ihren Fingern aus ins Mischpult.

Vier junge Frauen in stahlblauen Badeanzügen (mein schlechtes Gewissen Bea gegenüber wird größer). Sie sitzen im Kreis, massieren sich gegenseitig die Schultern und sehen aus, als führten sie eine Wasserballett-Choreographie auf dem Trockenen vor.

Michal, der mit einem langen silbernen Stab in einem Bowletopf herumrührt, wirkt dabei wie ein Zauberer.

Ein Junge, der Rauchringe in den Mund eines Mädchens bläst, mir seine kleine gläserne Pfeife hinhält, als er meinen Blick bemerkt.

Beim nächsten Song johlt der ganze Garten auf, und Marianne wirft ihre Arme in die Luft, zieht mich zu Julien und dem Raver.

Alles beginnt zu tanzen. Ich bewege mich erst unsicher mit, nehme dann zwei große Schlucke von meinem süßen Cocktail. Die Bewegungen werden leichter.
»Was ist das für ein Lied?«, frage ich den Raver.
Der beugt sich zu mir, sagt, dass es ein Song der Band Altin Gün sei, »Goca Dünya« heiße das Lied. Altin Gün müsse ich doch kennen? Schließlich käme ich aus Berlin, da gäbe es doch so viel türkische Kultur. Ich würde wahrscheinlich ständig auf türkische Partys und Konzerte gehen.
Ich sage nichts dazu, schäme mich stattdessen dafür, dass er unrecht hat, mache eine möglichst unklare Kopfbewegung, halb Nicken, halb Schütteln.
Dann werfe auch ich die Arme in die Luft, bewege mich wie eine angetrunkene, rheumatische Kobra.

Ich kann nicht anders, als mich zu fragen, wie es sein kann, dass hier alle so entspannt sind, so locker und freundlich.
Wenn ich an die Partys denke, die nach dem Lavalampenabend kamen, die vielen Nächte in der Wabe, die Feten am Trubelweiher, die immer damit endeten, dass jemand betrunken ins Lagerfeuer trat oder ans Seeufer kotzte, dann frage ich mich, was hier anders ist.
Warum niemand aggressiv grölt, über jemand anderen lacht, niemand aussieht, als grabe sich der Selbsthass durch seinen Körper.
Wo die Cliquen sind, die schmierigen Typen, die nervös gezupfte Kleidung, die irgendwie nirgends so sitzt, wie sie sitzen soll, außer vielleicht an der schönen Tina.
Ob es nur das Geld ist, die Sonne, die Insel. Oder ob diese

Generation einfach anders funktioniert, durch die Dauerpräsenz des Internets besser informiert ist über das Leben und all die Möglichkeiten und Chancen, die auf sie warten. Nicht so voller Angst und Sorge ist, in der Kleinstadt kleben zu bleiben, so voller Panik, dass es das jetzt vielleicht schon gewesen ist.

Irgendwann löse ich mich aus der tanzenden Menge, lasse mich in einen Gartensessel sinken. Mein Kleid klebt an meinem Körper, Falten zeichnen meinen Schritt, die Wölbung meines Bauches, meine Oberschenkel nach. Es ist mir überraschend egal, ich leere mit einem großen Schluck meinen Drink, zerbeiße das Eis. Hitze dampft aus meinen Poren wie bei einem Kutschpferd.
Michal lässt sich neben mich fallen, hält mir ein neues Glas hin. Es ist mit pinker Flüssigkeit gefüllt.
»Du hast von meiner Bowle gehört?«, fragt er, sieht mich prüfend an.
Es scheint ihm viel zu bedeuten, offensichtlich ist er stolz auf die Mixtur. Ich will ihn nicht enttäuschen, sage: »Klar, Julien hat mir davon erzählt.«
Ich nehme einen Schluck.
Sein Lächeln wird breit.
»Na dann, cheers.«

Michal erzählt, dass sich die meisten hier schon seit Jahren kennten, die Sommer schon als Kinder zusammen verbracht hätten. Dass es einen Beachklub unten im Ort gäbe, da würde man alle Kinder zusammentreiben, den Tag

über bespaßen, damit die Eltern im Urlaub mal ihre Ruhe hätten.
Die Sommerferien früher hätten ohne Ende bestanden aus Sandburgenwettbewerben, Schwimmflossenwettschwimmen, Wasserpistolenschlachten und billigem Wassereis.
Es sei jedes Jahr wie ein Klassentreffen, wenn alle wieder zusammenkämen. Aber vermutlich würde sich einiges ändern, sobald die Ersten studierten, spätestens dann würden wohl viele nicht mehr mit den Eltern verreisen.
Wie ich zu Julien und Marianne käme?
Ich habe mein Glas fast schon wieder ausgetrunken, habe immer noch Durst vom Tanzen.
»Ich habe Julien im Meer kennengelernt«, antworte ich und schiebe mich hoch.
Ich will nicht mehr dazu erzählen müssen, sage stattdessen, dass ich mir noch einen Schluck von seiner tollen Bowle hole.
Michal zieht die Augenbrauen nach oben, lacht. »Wenn du meinst.«

Als ich zurückkomme, sitzt Marianne auf Michals Platz, nimmt mir mein Bowleglas ab.
»Willst du nicht ein bisschen langsamer machen?«, fragt sie, nimmt dann aber selbst einen kräftigen Schluck. Ob ich überhaupt wisse, was das für eine Bowle sei?
Für einen kurzen Moment schaue ich ihr ratlos ins Gesicht, dann rutscht mir mein Herz in die Magengrube. Ich schlucke trocken, als mir klar wird, was ich gerade getrunken habe, vertusche die Erkenntnis aber schnell und sage:

»Klar weiß ich das. Hat Michal mir erzählt.«

Ich will nicht am zweiten Abend in Folge aussehen, als hätte ich Rauschmittel nicht im Griff, entscheide mich für eine Übersprungshandlung und nehme Marianne das Glas ab. Ich trinke es in einem Zug leer.

Sie lacht, schüttelt den Kopf und ruft Julien zu: »Deine Freundin ist schon wieder im Kamikaze-Modus.«

Julien sieht von der Tanzfläche aus rüber, aufmerksam und ausgelassen, ein Grinsen spaltet seinen Schädel.

Eine halbe Stunde später schwappt eine warme chemische Welle Serotonin durch meinen Brustkorb, sie schwappt mir bis in die Zwerchfellspitzen, das Gefühl hatte ich schon seit Jahren nicht mehr. Kurz schließe ich die Augen, denke seit Tagen mal wieder richtig an Oscar und an Paul, lasse es endlich zu, ohne dabei ein schlechtes Gewissen zu haben.

Ich muss lächeln, es fühlt sich an, als hätte ich den Magen voller warmer Würmer.

Der Rhythmus der Party bekommt langsam eine eigene Statik.

Marianne hat beschlossen, auf mich aufzupassen, wir haben gefühlt seit Stunden schon nicht unseren Aussichtsplatz verlassen, stattdessen ununterbrochen geredet. Unsere Hände, Arme und Beine sind ineinandergeschlungen.

Sie erzählt von ihren Plänen, von allem, was jetzt kommen wird: zuerst der Schulabschluss.

Wir buchstabieren zusammen, als ob uns Honig zwischen den Zähnen klebt:

Bac-
ca-
lau-
ré-
at.

Ihre Großeltern würden zur Abschlussfeier kommen, die seien klasse, deshalb könne sie sich nicht drücken. Aber danach würde sie ein paar Wochen abhauen, reisen, die Freiheit genießen, rausfinden, was sie eigentlich machen will.

»Studieren?«, frage ich.

Marianne schnaubt verächtlich, schließt die Augen.

Nur wenn ihr gar nichts Besseres einfiele.

»Und du«, fragt sie dann, öffnet die Augen wieder, »was hast du für Pläne nach diesem Sommer?«

In ihrer rechten Iris steckt der Mond.

Ich weiß nichts zu erwidern, habe ihre Frage schnell vergessen. Schaue stattdessen wie betäubt auf die klare, scharfe Satellitenkante auf ihrer Regenbogenhaut, beuge mich vor, will eigentlich nur genauer hinschauen, verstehen, ob der Ursprung des Mondes wirklich in ihren Augen liegt oder ob es sich umgekehrt verhält – stattdessen küsse ich sie.

Irgendwann lässt sich der Raver auf uns drauffallen, schreit immer wieder, dass wir endlich tanzen sollen, macht ein Getöse, als ob sein Leben davon abhinge.

Marianne und ich schauen uns kurz an zwischen seinen zuckenden, aufgebrachten Gliedmaßen. Ich wische mir Feuchtigkeit von den Lippen, ihr Mund ist rot und verschmitzt.

Von links erscheint Michal, zieht Marianne nach oben und auf die Tanzfläche. Von rechts schaut Julien auf mich runter, er hat seine Hände in den Hosentaschen vergraben, eine Falte zwischen den Augenbrauen.
Für einen Augenblick schauen wir uns so an, mein Herzschlag verlangsamt sich, dann verschiebt sich etwas in Juliens Gesicht.
Er lächelt mich an, hält mir die Hände entgegen, ich greife sie und fühle mich, als würde er mich aus einem Wasserbecken heben.
Danach ist für Stunden alles nur noch Musik und Stampfen in mir und um mich herum.

*

Viel, viel später lässt Julien seinen Roller bei den Zwillingen stehen, die beiden befinden sich im Eingang der Villa, sehen aus wie ein Königspaar, winken uns zu, als wir gehen.
Julien, Marianne und ich haben die Arme umeinandergeschlungen, was unsere Schritte schwer und langsam macht, aber über jedes bisschen Entfernung legt sich direkt so viel Kälte, dass es unerträglich ist.
Julien und Marianne singen ein französisches Kinderlied, das ich nicht kenne, stattdessen rufe ich immer das letzte Wort, das ich höre, schreie in einem Phantasiefranzösisch die kleinen Hunde auf unserem Weg wach, sie kläffen empört und begeistert mit.

Als wir ankommen, navigieren Marianne, Julien und ich uns in den Garten.
Wir legen uns als das Bündel, das wir sind, auf eine breite Rattanliege, schauen in den Himmel. Ich bin nicht sicher, was wirklich funkelt und was davon die Bowle ist, was der Joint, den wir uns gerade angemacht haben. Ich schließe die Augen, es schimmert weiter in mir, und Marianne rollt sich an meine Schulter.
Ich spüre, wie Julien seine Stirn an meine legt, kann das Denken rauschen hören in unseren Köpfen, kann hören, wie es langsam weniger wird.

Ich werde kurz davon wach, dass Ines eine Decke über uns ausbreitet, den Aschenbecher wegstellt, auf uns runterlächelt wie eine Heiligenstatue.
Dann dämmere ich wieder weg.

*

Am nächsten Morgen schrecke ich aus dem Schlaf hoch. Ich weiß erst nicht, wo ich bin, taste nach Bea. Werde wacher dabei, das Tasten wird zu einem Tasten nach Julien und Marianne.
Die Rattanliege ist leer.
Langsam begreife ich, was passiert ist letzte Nacht, verstehe meinen dröhnenden Kopf, ich sortiere mich. Von der Terrasse sind Stimmen zu hören.
Ich rapple mich hoch wie ein frisch geborenes Kalb, reibe mir mit harten Fäusten die Augen, tappe zum Haus.

Julien, Marianne und Ines sitzen am Frühstückstisch. Vor ihnen stehen Teller, bedeckt mit Krümeln und Croissantspitzen, liegen Löffel, die vor nicht allzu langer Zeit noch in Konfitüre getunkt wurden. Eine halb volle Karaffe Orangensaft steht neben einer dampfenden Kaffeekanne.
Die Geschwister sehen ausgeschlafen und fit aus, bemerken mich nicht sofort. Marianne hat ein Bein angewinkelt an die Brust gezogen, einen langen, schlanken Arm hinterm Kopf angewinkelt. Sie redet mit ihrer Mutter.
Julien hat sich tief in den Stuhl nach hinten gelegt, er knibbelt an einem getrockneten Weinblatt herum, hört dem Gespräch zu und hat ein leichtes Lächeln im Gesicht. Sie schauen fast zeitgleich zu mir auf, trotzdem ist Ines die Erste, die mich begrüßt.
»Guten Morgen.«
Sie lächelt der Familientradition nach warm und ohne Hintergedanken.
Ob ich gut geschlafen hätte? Die Liege sei ja eigentlich nicht ideal für drei schlafende Körper.
Sie gießt mir einen Kaffee ein, ich lasse mich in einen Stuhl sinken, schaue verlegen.
»Sie hat gut geschlafen«, sagt Marianne, beugt sich weit nach vorne und legt mir eine Hand auf die Schulter. »Ich habe schon lange niemanden mehr so tief und friedlich schlafen sehen.«

Normalerweise schlafe ich schlecht an fremden Orten. Bea und ich sind mit Mitte zwanzig für ein paar Wochen durch Europa gereist, wir hatten dazu unsere letzten Ersparnisse zusammengekratzt. Mit prall gefüllten Rucksäcken schoben wir uns durch enge italienische Gassen, über slowenische Wochenmärkte, kroatische Strände. Wir schliefen meist in Hostels oder auf Sofas von Leuten, die wir gerade kennengelernt hatten.

In Zagreb waren wir in einer Bar mit einem Pärchen in unserem Alter ins Gespräch gekommen. Er war Künstler, sie studierte Medizin, die beiden teilten sich eine kleine Wohnung in der Altstadt. Nachdem der mürrische Barkeeper die letzte Runde angekündigt hatte, wir drei Flaschen Rotwein geleert hatten, lud das Paar uns zu sich nach Hause ein.

Bea sah mich erwartungsvoll an, hatte ein abenteuerliches Funkeln in den Augen. Ich zuckte mit den Schultern.

»Okay.«

In der Wohnung angekommen, verabschiedete sich Katia, die angehende Medizinerin, ziemlich schnell, sie hatte am nächsten Tag eine frühe Vorlesung.

Jako, der Künstler, richtete ein Bett im Wohnzimmer her und trank Schnäpse mit uns, bis mir die Augen zufielen. Er verabschiedete sich mit einer festen, langen Umarmung und mit einem rauen Kuss auf die linke Wange bei jeder von uns. Bea und ich rollten uns in unterschiedliche Richtungen, murmelten ein »Gute Nacht«, ich fiel in einen unruhigen Schlaf.

Als sich das Licht grau färbte, die Nacht träge in den Morgen kippte, wurde ich abrupt wach. Beas Körper war neben meinem verschwunden. Ich hob den Kopf schwach, sah Bea

im Türrahmen des Wohnzimmers lehnen, sie stand mit dem Rücken zu mir.
Von Jako sah ich nur die Hände, sie gruben sich in Beas Haar, wanderten ihren Rücken entlang bis zum Po.
Erschrocken presste ich die Augen zusammen, versuchte schnellstmöglich, wieder einzuschlafen, meine Gehörgänge mit Gedanken zu versiegeln.

Als ich wenige Stunden später gerädert aufwachte, war Bea nichts anzumerken. Sie wirkte fröhlich und ausgeschlafen. Ich redete mir erleichtert ein, das Ganze nur geträumt zu haben, fragte nie danach.

*

Auf dem Heimweg folge ich einem ungewohnten Impuls in mir, rufe meine Mutter an.
Ich muss zweimal wiederholen, dass ich es bin. Ihre Stimme klingt so überrascht, dass es mir einen Stich versetzt.
»Ist irgendwas passiert?«
Nein, sage ich, dass ich nur mal kurz hören wolle, was es Neues gebe, schöne Grüße aus dem Urlaub schicken. Meine Mutter klingt erleichtert, sagt, dass Bea ihr ja schon Bilder geschickt habe, wie schön es bei uns aussehe.
Ob wir uns gut erholten?
Bei ihr gebe es eigentlich nichts zu erzählen –
im Job laufe es gut, die neue Wohnung sei schön, und sie habe angefangen, sich öfter mit einem Zahnarzt zu treffen. Kinderlos, sportlich, ein netter Typ.

Dass sie angefangen habe mit Qigong, um ein bisschen runterzukommen, in ein paar Wochen zum Heilfasten ins Saarland fahren würde.
Mit dem Zahnarzt. Detox für Körper und Geist. Aber dass sie ja schon genug geplappert habe, ich doch jetzt auch mal was sagen solle:
Wie der Urlaub sei?
Wie es denn bei mir zu Hause wäre?
Ob es mir besser gehe?
Mir fällt wieder ein, warum ich so selten mit meiner Mutter telefoniere, ich sage: Der Urlaub ist schön.
Und zu Hause ist alles in Ordnung.
Sage, dass mein Handy-Akku fast alle sei, ich leider Schluss machen müsse.
Ich versuchen werde, eine Karte zu schreiben.

»Hörst du eigentlich manchmal was von Thorsten?«, frage ich dann doch noch.
Kurz ist es still am anderen Ende.
Von Thorsten?
Warum ich ausgerechnet im Sommerurlaub an Thorsten denken müsse?
Von Thorsten habe sie ewig schon nichts mehr gehört, nein.
Seit der Prostatageschichte, wie lange sei das her?
Sechs Jahre.
Dass sie wirklich nicht verstehe, wieso ich jetzt mit so alten Geschichten anfange.
Wie zu Beginn des Gesprächs klingt meine Mutter alarmiert, beunruhigt.

»Alles gut, Mama.«
Dass ich nur mal habe fragen wollen, ich ihr einen schönen Tag, eine tolle Zeit im Saarland wünsche.
Und Grüße an Bea ausrichte, klar.
Dann lege ich schnell auf.

*

Bea sagt nichts, als ich in die Küche komme. Sie schneidet Tomaten, greift ab und zu zum Pfannengriff neben sich, wirft einen strengen Blick auf den brutzelnden Knoblauch. Ich stelle mich neben sie, sage Hallo, versuche, in ihr Sichtfeld zu lächeln. Sie murmelt ein Hallo zurück.
Dass ich gerade mit meiner Mama telefoniert habe, ich sie schön grüßen solle.
Bea guckt kurz erstaunt, erinnert sich dann aber wieder an ihre finstere Miene und sagt nichts dazu.
»Ich habe mir gedacht, dass wir später ein paar Muscheln sammeln könnten, einen kleinen Spaziergang am Strand machen.« Ich lege eine Hand auf Beas Schulter. »Was meinst du?«
Bea schiebt meine Hand beiseite, zuckt mit den Achseln.
Dann drückt sie eine Tube Tomatenmark ins Fett, geht durch die Terrassentür nach draußen. Ich sehe sie Basilikum am Hochbeet pflücken.
Als sie wieder reinkommt, versuche ich es anders:
»Wie wäre es, wenn wir morgen einen Ausflug machen, mit dem Bus irgendwohin fahren? Oder vielleicht leiht Eva uns ihren Twingo.«

Meine Augenbrauen sind fast im Haaransatz verschwunden. Bea würzt mit einer großen Acrylglas-Pfeffermühle die Tomatensoße, stellt dann die Temperatur runter, dreht sich schließlich mit einem harten Gesichtsausdruck in meine Richtung.

»Bist du eigentlich völlig übergeschnappt, dass du einfach nachts abhaust?«

Ich schlucke, sage widerwillig: »Die Nacht hat sich verselbstständigt.«

Ein bitterer Zug erscheint auf Beas Gesicht.

»Ach so, alles klar! Na, dann kannst du ja nichts dafür. Wie immer eigentlich.«

»Gestern hast du auch nicht bemerkt, dass ich nicht da war, da ist das gut gegangen«, sage ich leise.

Im nächsten Moment bereue ich es.

Bea schaut mich an, als würden ihr gleich Flammen aus der Schädeldecke schlagen.

Sie knallt scheppernd die Pfanne auf eine andere Herdplatte, reibt sich die Hände an einem Küchenhandtuch. Mit einem lauten Krachen wirft sie die Küchentür hinter sich zu, als sie davonstürmt.

Erst stehe ich unschlüssig da.

Dann mache ich den Herd aus.

Aus Erfahrung weiß ich, dass man Bea am besten erst mal in Ruhe lässt, wenn sie wütend ist.

Ein paarmal grabe ich einen Löffel in die Tomatensoße, dann laufe ich unschlüssig im Haus herum, werfe einen Blick in Rolfs Musikecke.

Neben Rasseln und Notenheften stapeln sich CDs und USB-Sticks, eine Tüte Gummibären liegt neben einer Mundharmonika. Ich zeichne mit dem Zeigefinger ein Paar Brüste an die staubige Bildschirmoberfläche.
Neben einer gerahmten goldenen CD, auf die jemand mit Strasssteinen »Rolf« geschrieben hat, hängt ein Foto, auf dem er seine Arme eng um einen braun gebrannten Mann geschlungen hat. Es sieht aus, als wäre das breite Lächeln in das Gesicht des Mannes geschnitzt, die beiden tragen das gleiche Hawaiihemd, machen das Victory-Zeichen. Der Mann kommt mir vage bekannt vor.
Das Foto bringt mich auf eine Idee.

*

Bea und ich waren etwa vierzehn, als wir uns das erste Mal richtig in die Haare bekamen.
Wir lagen auf dem Boden in meinem Zimmer, waren überzuckert von den Unmengen an Froot Loops, die wir zum Mittag gegessen hatten, und blätterten durch Mädchenzeitschriften.
Auf einer der Ratgeberseiten ging es um die Frage, wann der richtige Zeitpunkt für das erste Mal sei (»Sei dir sicher, dass es die große Liebe ist. Das erste Mal kommt niemals zurück.«).
Ein Mädchen fragte sich, ob ihre Schamlippen eventuell zu lang waren (»Ein bisschen darf ruhig drüberstehen, aber frag ruhig das nächste Mal bei deinem Frauenarzt genauer nach.«).

Ein anderes Mädchen beklagte sich, dass sie nicht so lange rausdurfte wie ihre Brüder (»Auch wenn sich das gerade sehr ungerecht anfühlt – deine Eltern wollen dich nur schützen.«).

Irgendwann fragte Bea: »Meinst du, deine Eltern sind froh, dass es dich gibt?«

Ich überlegte kurz. Mein Vater wirkte selten wirklich erfreut, mich zu sehen, machte trotzdem bei jedem Besuch relativ deutlich, dass er glücklich war, mich zu haben.

Meine Mutter und ich sprachen nicht über solche Dinge, aber sie schimpfte wenig mit mir, ließ mich machen, was ich wollte. Ich ging davon aus, dass das bedeutete, dass sie mit mir als Tochter zufrieden war.

Bea schwieg einen Moment, dann sagte sie: »Ich habe das Gefühl, meine Eltern hätten lieber eine andere Tochter, jemanden, der nicht so viel Ärger macht wie ich. Ein hübscheres Mädchen.«

»Vielleicht musst du dir nur ein bisschen mehr Mühe mit allem geben«, sagte ich, ohne wirklich darüber nachzudenken.

Ich blätterte weiter durch die Zeitschrift.

Bea riss mir die Zeitschrift aus der Hand, sah mich fassungslos an.

»Wie kannst du so was sagen?«, fragte sie leise, ihr Gesicht war tiefrot.

»Kinder müssen sich doch nicht Mühe geben, damit sie ihren Eltern gefallen. Niemand sollte sich Mühe geben müssen, um irgendjemandem zu gefallen.«

Ich wusste nichts zu erwidern, senkte den Blick.

Bea rappelte sich hoch, schleuderte mir das Magazin ins Gesicht. Es fiel mir flatternd in den Schoß.
Dann rannte sie türenschlagend aus der Wohnung.

*

Bea sitzt mit dem Rücken zur Tür auf dem Bett, dreht sich nicht um, als ich ins Zimmer komme. Sie ignoriert, dass ich im Koffer krame, aus meinen Klamotten schlüpfe. Ich streife den chemisch riechenden gelb gestreiften Stoff über meinen Busen, lasse ihn schnalzen.
Der Badeanzug ist unverschämt hoch geschnitten im Schritt.
»Bea, ich bin nicht sicher, ob wir jugendfrei sind in dem Outfit.«
Kurz sagt Bea nichts, kämpft mit sich, ich kann es spüren.
Dann dreht sie sich um.
Sie mustert mich für einige Sekunden, es ist Bewegung in ihren Mundwinkeln, gegen die sie anzukämpfen scheint.
»Du siehst aus wie Jane Fonda mit Maracuja-Geschmack.«

*

Wir sitzen über unsere Nudelteller gebeugt auf der Terrasse, hocken auf Evas Meditationskissen auf dem Boden. Unsere Bäuche schwappen zufrieden über unsere Oberschenkel, wir schwitzen beim Essen. Bea schlabbert ein Spaghetto im Mundwinkel, überall ist Tomatensoße, kontrastiert mit dem Gelb-Weiß unserer Körper. Wir essen wie Vierjährige, schlingen und schmatzen, grinsen uns zu dabei. Mein Stoff-

wechsel wringt das letzte bisschen Fett und Salz aus den Bissen, ich kann spüren, wie die Energie gemächlich zurück in mein Gehirn läuft. Langsam verschwindet die Schwermut aus meinem Brustkorb, ich berühre mit meinem linken großen Zeh einen Leberfleck auf Beas Unterschenkel.
Sie hat Parmesan in den Ecken ihres Lächelns.

*

Später liegen Bea und ich am Strand, haben uns passend zu den Badeanzügen noch etwas Bräunungsöl mit Kokosduft gekauft, billige pinke Sonnenbrillen. Wir haben das erste Mal nicht den Sonnenschirm aufgespannt, liefern uns stattdessen einen harten Wettkampf mit dem UV-Licht.
Julien taucht auf, diesmal ist es tatsächlich Zufall, dass wir uns treffen. Kurz sorge ich mich, dass Bea das falsch verstehen könnte, noch mal wütend wird. Aber sie verteilt stattdessen nur einen weiteren Sprühnebel Kokos über uns.
Julien mustert uns mit einem breiten Lächeln, sagt: »Schöne Badeanzüge.«
»Vielen Dank«, sagt Bea, schiebt sich den Sonnenhut ins Gesicht.
Julien lächelt noch ein wenig breiter, fragt, ob wir uns am Abend sähen.
Ich zögere, sehe Bea unsicher von der Seite an.
»Es ist mein letzter Abend. Meine Eltern und Marianne würden sich auch freuen.«
Ob ich zum Abendessen käme?
Er sieht mich erwartungsvoll an.

Ich sage immer noch nichts, winde mich, schiebe meine Sonnenbrille umständlich meinen schwitzenden Nasenrücken hoch, versuche Zeit zu schinden. Mein Zögern hat einen satten Pinkstich.
»Herrgott«, knurrt Bea unter ihrem Hut.
»Ich bin doch nicht dein Kindermädchen.«
Julien versteht zwar nicht, was sie sagt, erkennt aber an meinem Gesicht, was es bedeutet.
Er strahlt.
»Also dann um acht. Salut.«
»À bientôt«, sagt Bea mürrisch.

*

Es ist nicht so, dass es für Bea immer klar war, dass Amir der Vater ihrer Kinder werden würde.
Als sie schon fertig mit dem Studium war und ich einen verzweifelten zweiten Master in einer kleinen, schlecht gelaunten Stadt machte, rief Bea eines Nachmittags an und sagte, dass sie spontan ein Zugticket gebucht habe, dass sie um zweiundzwanzig Uhr am Hauptbahnhof ankommen werde.
Ich erinnere mich daran, wie ich mit dem Hörer zwischen Ohr und Schulter geklemmt dastand, ich war gerade dabei, eine Espressokanne mit Pulver zu füllen. Stellte sie aus der Hand, griff nach dem Hörer, um sie besser zu verstehen.
»Ist was passiert?«
»Nein, nein«, sagte Bea, »alles in Ordnung.« Dass sie nur mal rausmüsste, ihr die Decke auf den Kopf fiele.

Wir uns ja auch schon wieder viel zu lange nicht gesehen hätten.

Das stimmte. Wir hatten uns Weihnachten verpasst, weil ich Streit mit meiner Mutter gehabt hatte und nicht nach Hause gefahren war.
Stattdessen hatte ich Heiligabend rauchend in meiner kleinen Küche verbracht und feierlich einen Camembert aus dem Ofen gegessen.
Wir hatten uns das letzte Mal bei Beas und Amirs Umzug in ihre erste Wohnung gesehen. Das war ein halbes Jahr her gewesen.
Ich fragte nicht weiter nach, versprach stattdessen, sie abzuholen.
Dann trank ich meinen Kaffee in drei großen Schlucken und verbrannte mir den Rachen.

Später am Bahnhof hielt ich Ausschau nach ihr, reckte mich, hielt einen Regenschirm mit beiden Händen fest umschlossen.
Ich war nervös und besorgt, versuchte es mir nicht anmerken zu lassen, als Bea schließlich mit einem Schwall Ankommender die Treppe vom Gleis herunterlief.
Stattdessen lächelte ich eine Spur zu breit, nahm sie in den Arm.
»Schön, dass du da bist.«
»Schön, dass du eh nie was zu tun hast«, sagte Bea und reichte mir eine Flasche Sekt, die sie schon auf der Fahrt zu trinken begonnen hatte.

Wir nahmen die Straßenbahn, erreichten bald meine Wohnung, stellten ihren Koffer kurz bei mir ab. Ich maß ihn mit Blicken, um herauszufinden, wie lange sie zu bleiben vorhatte. Es schien sich um keine längere Flucht zu handeln.
Dann gingen wir in die kleine Kneipe bei mir unten im Haus.
Wir bestellten Bier in Gläsern, die man in der Stadt, in der wir waren, Kugeln nannte, wischten mit unseren Daumen über die Auskerbungen im Glas.
Bea sah mir lange nicht ins Gesicht, schien stattdessen eine Sinnhaftigkeit zwischen den Schaumblasen ihres Schwarzbiers auszumachen.

Irgendwann begann sie doch zu erzählen – dass es eigentlich nichts zu meckern gäbe. Amir wie immer wunderbar sei, der perfekte Partner: zuvorkommend, liebevoll, rücksichtsvoll.
In der Art, wie sie das sagte, schwang ein tiefer Vorwurf.
Dass sie ihn liebte, natürlich, wie auch nicht nach all den Jahren?
Aber dass sie so langsam Panik bekäme, immer gedacht hatte, dass da vielleicht noch mal eine andere Liebe, ein anderes Leben käme.
Sie nahm einen kräftigen Schluck Bier.
Amir habe sie letzte Woche zum Abendessen eingeladen, förmlich und teuer. Er habe sie am Ende des Abends über das Tiramisu gebeugt angeschaut, ihre Hand gegriffen und gesagt, dass ein Kinderwunsch in ihm gereift sei, seit einiger Zeit schon.
Ob sie nicht mal langsam loslegen wollten?

Bea schaute betroffen, ich konnte mir das Szenario gut vorstellen:
Sie, umgeben von herabhängenden Panettoni und Schinken, Amirs erwartungsvolles Gesicht im Kerzenschein.
In meiner Vorstellung hatte er einen Schnuller in einem Schmuckkästchen dabei für sie.

Das Problem sei, sagte Bea und zündete sich eine Zigarette an, dass sie keine Ahnung habe, ob sie überhaupt Kinder wolle.
»Hattest du schon mal das Gefühl, dass es jetzt unbedingt sein müsste?«
Sie sah mich fast hoffnungsvoll an, ihr Kopf war umgeben von einer blaugrauen Rauchwolke.
Ob ich schon mal ein Baby angesehen und gedacht hätte, wow, so eins möchte ich auch?
Kurz überlegte ich.
Damals sah ich meistens nur dann sehnsuchtsvoll in Kinderwagen, wenn die Babys in besonders weiche, flauschige Decken geschlagen waren, besonders friedlich schliefen.
Manchmal stellte ich mir vor, wie wunderbar es sein musste, den Tag über einfach hin und her geschoben zu werden, den größten Teil davon zu verschlafen.
Ich hatte zu diesem Zeitpunkt noch nie darüber nachgedacht, selber ein Kind zu gebären, genauso wenig gab es jemanden in meinem Leben, der mich darum bat.
Auf der einen Seite tat Bea mir leid, auf der anderen begann eine seltsame Regung in mir sie um ihr Dilemma zu beneiden.

Sie las in meinem Blick, dass von mir kein sinnvoller Gesprächsbeitrag zu erwarten war, atmete lange aus, wusste vermutlich, dass sie deshalb ohnehin nicht zu mir gefahren war.
Sie bestellte eine Runde Schnaps.

Bea blieb noch einen Tag. Ich zeigte ihr das Naturkundemuseum mit den langweiligen heimischen Wildexponaten, den Rathauskeller, in dem die Schnitzel billig waren und die Sahnetorten vierstöckig. Wir machten eine Tretbootfahrt auf dem monochronen hellgrünen See, gerieten in Streit mit einer Schwanenfamilie, und Bea ließ sich mit Studi-Rabatt, den sie mit ihrem abgelaufenen Ausweis stur erwirkte, im Nagelstudio bei mir um die Ecke knallpinke Nägel aufkleben. Dann fuhr sie heim, und ein Jahr später bekam sie Noah.

Bea und ich haben den Sonnenschirm über uns aufgespannt, er ist eigentlich viel zu groß zum Laufen. Wir haben uns untergehakt und spazieren im Gleichschritt den Strand entlang. An unseren Handgelenken hängen zwei Bündel Muschelhälften und Steine.
Bea stoppt, bückt sich, hält mir triumphierend einen durchsichtigen braunen Stein entgegen.
»Ein Bernstein, was für ein Glück!«, ruft sie.
Ich kenne sie gut genug, um ihren Stolz und ihre Freude einordnen zu können, weiß, dass es nicht nötig ist, ihr zu sagen, dass der Stein viel zu flach und zu eben, dass er vermutlich bloß vom Wasser rau geschliffenes Glas ist.
Stattdessen steige ich ein in Beas Triumph, freue mich für

sie, so wie man sich freut für jemanden, der sich fest zum Glück entschlossen hat.

*

Inzwischen sind uns die Strandnarrative sehr vertraut, wir haben sie verinnerlicht, ich hake sie gedanklich ab:
Zwei Jungs in knappen reflektierenden Speedos, die die Brustmuskulatur flexen, sich dann gegenseitig das Gesicht eincremen.
Ein Mann und seine kleine Tochter, sie spielen Ball. Der Vater verfehlt seine Tochter bei jedem Wurf, wirft immer etwa einen halben Meter daneben, lacht dann gezwungen, missglückt, verärgert.
Hinabgleitende Seevögel, trockene Algenbündel, fossile Eisstiele.
Knisternde Peroxidfrisuren, glänzende Plauzen, sonnenverbrannte Knie.
Aufgeblähte Strandmuscheln, rauschende Strohsonnenschirme, schlaffe Luftmatratzen, hegemonial platzierte Plastikliegen.

Vor einer riesigen Badeinsel bleiben Bea und ich beeindruckt stehen. In der Mitte ist ein aufgeblasener Bulle platziert, drum herum die knarzende Arena. Wir wissen nichts zu sagen.
Die Besitzerin hat uns entdeckt, es ist eine ältere Dame.
Ob wir mal reiten wollen?
Beim Lachen blitzt es golden auf in ihrem Mund.

Bea schüttelt den Kopf, will mich weiterziehen.
»Moment«, sage ich.
»Wir kennen uns doch.«
Die ältere Dame dreht sich schnell um.

*

Später sieht mir Bea dabei zu, wie ich mich für den Abend fertig mache, entscheidet, was ich anziehen soll. Es fühlt sich an wie vor fünfzehn Jahren, als ich nicht wusste, was man trägt zu einem Date, was man sagt, wie man am besten lacht, ob ich überhaupt Dates haben wollte, und Bea das alles für mich geregelt hat.
Sie sucht ein schulterfreies schwarzes Top aus, einen langen Rock. Dann bürstet sie mir energisch die Haare, macht mir einen Zopf und verteilt Rouge auf meinen Wangenknochen.
»Voilà«, sagt Bea.
»Wenn du den Leuten nicht allzu lange in die Augen schaust, dann siehst du richtig sommerlich aus.«

Als Julien mich abholt, steht Bea in der Terrassentür, um sie herum hängt ein Passepartout aus den Holzperlen des Vorhangs. Sie hat ein Küchenhandtuch über ihren rechten Unterarm geschlagen, vermutlich demonstrativ. Diesmal hält Julien vor der Tür, und Bea mustert seinen Roller, lacht kurz über meinen Helm. Dann wünscht sie uns einen schönen Abend, winkt sogar kurz mit dem Handtuch und verschwindet im Haus, bevor der Moment noch seltsamer wird.

*

An dem Tag, als ich von zu Hause ausgezogen bin, halfen Amir und Bea mir beim Kistentragen. Kai hatte sich frisch von mir getrennt, nachdem er beschlossen hatte, dass eine Fernbeziehung für ihn während des Studiums auf gar keinen Fall infrage kam.

Er hatte mich am Abend vorher zu einem Spaziergang abgeholt, wir schlenderten die Strecke ab, die wir in den letzten Jahren hunderte Male gegangen waren: vom Sportplatz ein Stück durch den Wald, dann zum Trubelweiher, je nach Laune war es danach zu ihm oder zu mir gegangen.

Wir lehnten an einem der Bäume in Ufernähe, tranken ein Biermischgetränk, ich hatte meinen Kopf an seine Schulter gelegt und überlegte, wie mein Leben nach dem Sommer sein würde.

Kai setzte sich aufrechter hin und fixierte mein Gesicht mit einem ernsten Blick.

»Wir sind jung und haben beide unser ganzes Leben noch vor uns.«

Er schien sich Mühe zu geben, seine Vorfreude zu verbergen.

»Ich habe die Zeit mit dir sehr genossen. Aber ich finde, wir sollten nicht Blei an den Füßen des anderen sein, sondern uns ziehen lassen.«

Einen Moment schaute er theatralisch in den Himmel, dann sagte er: »Ich hatte eine schöne Zeit mit dir und möchte sie in schöner Erinnerung behalten. Verstehst du?«

Ich zündete mir eine Zigarette an, blickte auf den See, überlegte einen Moment.

Ehrlicherweise empfand ich eher Erleichterung anstelle von Enttäuschung darüber, dass wir die nächsten Jahre nicht zwischen Berlin und der Stadt im Ruhrgebiet, in der er Sportmedizin studieren würde, pendeln müssten.
Einen kurzen Moment wartete ich auf ein weiteres Gefühl, aber es kam nicht. Also sagte ich: »Du hast sicherlich recht.«
Ein Lächeln breitete sich auf seinem Gesicht aus, er atmete aus und lehnte sich wieder an den Baum.
»Weißt du, das ist das Gute an dir: Du machst nie Stress, hast immer Verständnis. Du bist einfach megaentspannt. Du wirst irgendwann einen Typen voll glücklich machen.«
Ich war erleichtert, dass er mir zu der Aussage nicht freundschaftlich in den Oberarm boxte, quetschte mir ein Lächeln raus und spülte es runter mit einem kräftigen Schluck Bier.
Zum Abschied bot er mir noch einen Blowjob im Wald an, aus Tradition, dann umarmte er mich und ging mit beschwingten Schritten davon.

Bea verbrachte den Umzugstag damit, zu betonen, wie froh ich sein konnte, Kai endlich los zu sein, Amir hielt sich höflich zurück. Als die letzte Kiste in den kleinen Möbelwagen eingeladen war, verabschiedete er sich von mir, wünschte mir alles Gute für den Start in der großen Stadt. Wir umarmten uns ungeschickt. »Ich hoffe, du und Bea, ihr kommt mich bald mal besuchen«, sagte ich. Amir nickte, lächelte, gab Bea einen Kuss auf die Stirn und sagte, dass wir anrufen sollten, wenn wir angekommen seien.
Bea und ich wollten den Wagen zusammen nach Berlin

fahren, einen aufregenden A1-Roadtrip machen, mit Bockwurst und Tankstellenkaffee ohne Ende.
Thorsten und meine Mutter standen in der Wohnungstür. Thorsten hatte den Arm um meine Mutter gelegt, sah aus, als würde er gleich umkippen, und war stark am Schniefen.
»Du alte Heulsuse«, sagte ich zu ihm und musste lachen.
Er atmete tief ein, rieb sich einen Hemdsärmel über seinen Schnurrbart und räusperte sich.
»Hab du erst mal selber Kinder«, sagte er, dann zog er einen Umschlag aus der Hosentasche. »Ruf an, wenn es knapp wird.«
Als ihm erneut Tränen in die Augen stiegen, wedelte er mit den Händen vor seinem Gesicht herum, als wolle er eine Fliege verscheuchen, und verschwand ohne ein weiteres Wort in der Wohnung.
Der Blick meiner Mutter war schwer zu lesen. Ihr Mund war schmaler als sonst, ihre Wangen hohler, sie sah erschöpft aus und amüsiert. Sie griff mit beiden Händen nach meinen Schultern, zog mich an sich und hielt mich für einen Moment sehr fest. Dann schob sie mich eine Armlänge weg, lächelte und sagte:
»Ich wünsche dir die tollste Zeit in Berlin.«
Mein Herz rutschte mir als warmer Klumpen in die Knie, ich nickte, schluckte nun selbst die Tränen runter.
Aus dem Möbelwagen hinter mir hupte es ungeduldig, Bea streckte den Kopf aus dem Fenster und rief:
»Los jetzt!«

*

Zwiebelschneiden ist mein inoffizielles Hauptamt geworden bei der Vorbereitung des Abendessens, wieder hilft mir Marianne dabei.
Wir tuscheln und reiben uns die Tränen aus den Augen, müssen immer wieder grundlos loslachen.
Mitten in einer Schälbewegung wird mir klar, dass ich sie vermissen werde, dass ich die Person vermissen werde, die ich mit ihr bin, und ich muss schlucken.
Sie bemerkt meinen Blick und stößt kurz ihre Hüfte an meine.

Julien schiebt sich neben mich, fragt, ob alles okay sei, was denn jetzt mit seinen Zwiebeln sei? Er hält uns eine riesige dampfende Bratpfanne entgegen.
Marianne und ich sagen nichts, werfen stattdessen die feuchten, milchigen Klumpen ins Öl, es zischt und pfeift.

*

Marianne und ihr Vater sind nicht einer Meinung, sie diskutieren über irgendwas seit einer halben Stunde, ich verstehe sie kaum. Stattdessen beobachte ich ihre Gesichter, ihre hitzigen Gesten, bei aller Rage lachen sie immer mal wieder auf zwischen den Sätzen, sind einander zugeneigt, legen sich die Hände auf die Unterarme.
Ines beobachtet die beiden mit einem milden, müden Lächeln, ab und an zieht sie die Augenbrauen nach oben, macht einen runden Mund, sieht mich gespielt erschrocken an, wenn die Diskussion lauter wird.

Ich muss lachen.
Erst nach einer ganzen Weile merke ich, dass Julien mich ansieht.
Er macht ein zärtliches, ein trauriges Gesicht. Dann nimmt er einen großen Schluck Wein, greift nach meiner Hand, lässt nicht zu, dass ich sie wegziehe.

Marianne löst ihren Blick vom Gesicht ihres Vaters, streckt über den Tisch hinweg kurz die Zunge raus.

Ob meine Eltern verheiratet seien, fragt mich Juliens Vater plötzlich.
Erst jetzt begreife ich, dass es bei der Diskussion ums Heiraten geht.
»Nicht mehr.«
Der Vater sieht triumphierend zu Marianne:
»Siehst du? Wozu heiraten, wozu dem kleinbürgerlichen Ideal entsprechen, wenn es wahrscheinlich sowieso in Scheidung endet?«
Er lehnt sich zufrieden zurück.
»Deswegen haben deine Mutter und ich das gelassen.«
Ines seufzt, beginnt das Geschirr zusammenzuräumen.
Marianne verdreht die Augen. »Es geht mir doch nicht darum, was für euch das Richtige war. Sondern dass jeder Mensch selbst entscheiden soll, wie er leben und lieben möchte. Und dass eine Heirat nicht per se unfeministisch ist.«
Sie sagt, dass das eine altmodische Interpretation des feministischen Selbstverständnisses sei. Der Vater fällt ihr ins

Wort, beginnt einen langen Vortrag zu halten über das Symbol der Hochzeitsfarbe Weiß und das Konzept der Brautübergabe durch den Vater.
Julien hilft seiner Mutter beim Abräumen.

Ich steige gedanklich aus dem Gespräch aus, so komplett und unmittelbar, wie man es nur in einer Sprache kann, die nicht die eigene ist, und erinnere mich stattdessen an die letzte Hochzeit, auf der ich war.

Sie liegt schon ein paar Jahre zurück. Einige Monate nachdem mein Vater und ich einmal wieder gemeinsam essen waren, hatte ich Post von einem meiner Halbbrüder im Briefkasten.
Eine Einladung.
Auf der Karte waren zwei Daumenabdrücke gestempelt, die ein Herz darstellten, die Namen des Brautpaars, das Datum.
Wir trauen uns.
Mein Halbbruder war zu der Zeit dreiundzwanzig.

Wir hatten nie ein besonders inniges Verhältnis, aber ich mochte ihn, mochte seine Freundin Yasmin, mit der er schon seit der Schulzeit zusammen war.
Ich kreuzte auf dem Antwortkärtchen Lachs statt Kalbsschnitzel an, vermerkte, dass ich alleine kommen würde.
Kurz überlegte ich, meinen Vater anzurufen, überlegte, ob ich ihm gratulieren sollte. Zur neuen Tochter, zum glücklichen Sohn.
Ich überlegte, ob ich meine Mutter anrufen sollte, zur Be-

standsaufnahme, damit wir uns heimlich ein wenig wundern, gemeinsam schnauben könnten.
Ich ließ beides sein, wählte stattdessen Beas Nummer.

Ich kaufte dem Brautpaar einen Picknickkorb, legte eine Flasche Sekt dazu, Nudeln in Herzform, Pralinen und Rosenblätter aus Stoff.
Dann wickelte ich das Ganze in einige Lagen Zellophan, kringelte Geschenkband, setzte mich mit dem Geschenk in den Zug und fuhr in den Teil der Republik, in dem mein Bruder und Yasmin den Bund fürs Leben schließen wollten.

Die Fahrt über schaute ich durch das Plastik hindurch grüne Felder an, verlassene Bahnhöfe, westdeutsche Kleinstädte.
Eine Frau strahlte mich vom Vierersitz gegenüber an, fragte irgendwann, was denn der Anlass für das hübsche Geschenk sei.
Ich knisterte, sagte: »Die Hochzeit meines Bruders.«
Ich sagte nicht Halbbruder, ich sagte Bruder, mit Stolz, als wäre es eine besondere Auszeichnung, die Schwester des Bräutigams zu sein.
Die Frau stieß einen glücklichen Laut aus.

Yasmin und mein Bruder gaben sich das Jawort in einem kleinen Standesamt in dem Ort, in dem sie groß geworden waren und den ich noch ziemlich gut aus meiner Kindheit und Jugend kannte.
Bei der Einfahrt des Zuges sah ich das Industriegebiet, in dem ich in vergangenen Sommern alleine und gelangweilt

herumgestreunt war. Den Burger King, das gläserne Cineplex-Gebäude, die Schwimmhalle.

Ich übernachtete nicht bei meinem Vater oder meinen Brüdern, sondern kam in einer Pension unter. Der Mann am Empfang, der mich an Thorsten erinnerte, gab mir meinen Schlüssel, einen verpixelten Ausdruck mit dem WLAN-Passwort, und versicherte mir, dass ich das Zimmer mit dem schönsten Ausblick bekommen hätte. Er lächelte mich an, musterte mein Gesicht, sah kurz aus, als ob er ein echtes Interesse daran hätte, wie es mir ging. Fragte dann aber doch nicht nach. Stattdessen sagte er: »Frühstück gibt es von acht bis zehn.«

In meinem Zimmer warf ich einen Blick auf das kleine Stück Rhein vor meinem Fenster, auf die Anzeigetafel der Tankstelle gegenüber, den graublauen Himmel. Ich trank die kleine Flasche Begrüßungs-Orangensaft aus, aß die Schokolade-Minz-Tafel, die auf mein Kopfkissen gelegt worden war. Dann streifte ich mir mein hellgrünes Kleid über, strich mir eine Haarsträhne aus dem Gesicht und machte mich auf den Weg zum Standesamt.

Yasmin trug ein üppiges, raschelndes cremeweißes Kleid, ihre dunklen Haare waren zu einer kunstvollen Steckfrisur getürmt. Sie lächelte unentwegt, strahlte mir entgegen, als sie mich auf die Hochzeitsgesellschaft zukommen sah. Für einen Moment erschütterte es mich, wie erwachsen sie aussah. Als ich sie das letzte Mal gesehen hatte, hatte sie gerade ihr Abitur gemacht, eine apricotfarbene Strickjacke zu Jeans und Ballerinas getragen, verhuscht und schüchtern geschaut. An ihrem Hochzeitstag schritt sie wie eine Prinzessin auf mich zu, nannte mich Schwester und hinterließ einen kräftigen roten Lippenstiftabdruck auf meiner Wange.

Mein Bruder trug einen bläulich schimmernden Anzug, stand mit einer Horde anderer junger Männer etwas abseits, wirkte auf gute Weise angespannt und zog an einem schweren Nikotinverdampfer. Er hob die Hand zur Begrüßung.
Ich fragte mich, wie es für ihn war, Gastgeber seiner Hochzeit zu sein. Ich selbst war meistens schon überfordert davon, meinen eigenen Geburtstag mit ein paar Leuten in einer Bar zu feiern.

Meine Großeltern standen neben Christiane und meinem anderen Halbbruder. Alle begrüßten mich herzlich, waren mir gleichzeitig so vertraut und fremd, dass ich mich schlagartig alleine und wie ein Teil von etwas Größerem fühlte.

Mein Vater kam aus dem Standesamt geschritten, sein Anzug war eine Spur zu eng, seine Krawatte rosa. Es sah aus, als würde er ununterbrochen die Luft anhalten. Er rieb sich nervös die Hände.
Als er mich sah, stürzte er dramatisch auf mich zu, sagte dabei laut meinen Namen und nahm mich ungewohnt lange in den Arm. Er roch wie immer, höchstens eine Spur mehr nach Adrenalin und Aftershave. Dann hielt er mich einem

undefinierten Publikum entgegen und rief: »Meine Tochter, so erwachsen! Meine Kinder verlassen alle das Nest.«
Ich war mir nicht sicher, ob ich sagen sollte, dass ich faktisch schon lange nicht mehr in seinem Nest gelegen hatte, entschied mich dagegen. Stattdessen ließ ich mich von ihm ins Standesamt schieben.

Ich setzte mich neben meine Großeltern in die Sitzreihe vor dem Mann mit dem Keyboard und den Frauen mit Querflöte und Violine, dachte mir nichts dabei. Erst als sie hinter mir »All You Need Is Love« zu spielen begannen, ich plötzlich in der Sichtschneise für alle verträumt blickenden Anwesenden saß, bereute ich meine Platzwahl.

Meine Großmutter neben mir lächelte milde, war klein und adrett. Mitten im Lied griff sie nach meiner Hand. Es war eine ungewohnte, schöne Nähe. Wir kannten uns eigentlich kaum, hatten uns zu diesem Zeitpunkt Jahre nicht gesehen. Ihre Hand fühlte sich weich an, kühl und stark.
Sie lehnte sich zu mir rüber und flüsterte über den zweiten Refrain hinweg: »Du siehst ganz und gar aus wie deine Mutter, als sie in deinem Alter war.«

Ich fand es erstaunlich, dass diese Frau, über die ich so wenig wusste, meine Mutter länger kannte als ich, mit ihr eine Vergangenheit teilte, ihre Schwiegermutter gewesen war. Ich stellte mir vor, wie sie das erste Mal von mir gehört hatte, vom ersten Enkelkind, von der Verlobung meiner Eltern, der Scheidung.

Während der restlichen Zeremonie – der Standesbeamte war bekennender Eurovision-Song-Contest-Fan und nutzte viel entsprechendes Vokabular – dachte ich darüber nach, dass das Scheitern der Ehe meiner Eltern die Grundvoraussetzung dieses Festes und dieser Familie war. Ich fragte mich, wer ich geworden wäre, wenn sich meine Eltern nicht getrennt hätten, wer meine Eltern geworden wären, wenn sie sich nicht getrennt hätten.

Der Standesbeamte rief: »Twelve Points for Martin and Yasmin!«, klatschte in die Hände, und die Gäste um mich herum begannen zu jubeln.

Gefeiert wurde in einem Gasthaus am Waldrand.
Überall waren Stehtische mit festgeklemmten Plastiktischdecken, Bambusfackeln und Einwegkameras verteilt.
Martin war bei der Feuerwehr, deswegen musste das Brautpaar beim Betreten des Gebäudes durch ein Schlauchspalier laufen, die Feuerwehrkapelle spielte »Isn't She Lovely« dazu.
Im Saal selbst ging es schnell los mit den Hochzeitsspielen. Baumstammsägen, der Hochzeitstanz in Beinschellen, wie gut kenne ich meinen Partner oder meine Partnerin?
Dann wurde die Torte angeschnitten.

Ich beobachtete meinen Vater während des ganzen Spektakels, beobachtete, wie er seinen Arm fest um Christiane geschlungen hatte, die beiden im gleichen Rhythmus zur Musik wippten, sich immer mal wieder anlächelten – stolz, kaputt, glücklich.

Beobachtete, wie mein Vater erst mit seiner Schwiegertochter tanzte, mit der Mutter der Braut, dann mit dem Brautvater. Ich löffelte lächelnd Buttercreme, vergab Körbe an Feuerwehrmänner, ließ mich schließlich vom Bräutigam zum Tanzen auffordern.

Auf der Tanzfläche notierte ich gedanklich:
Yasmin, die mit einem Blumenmädchen tanzt, das ihr auf den Füßen steht und sie mit offenem Mund bewundernd ansieht.
Yasmin, die ihren Rock schwingt wie eine Cancan-Tänzerin, mein Bruder, der wie ein Stier durch die Stoffbahnen stiebt.
Meine Großeltern, die sich zu einem Walzer in einer fließenden schönen Bewegung durch den Raum bewegen, aussehen, als würden sie ein paar Zentimeter über dem Boden schweben.
Mein Vater, der mit überkreuzten Armen dasitzt, abwesend ins Leere schaut. Als sich unsere Blicke treffen, lächelt er mir mit Schwermut in den Augen zu.

Nach der Torte kam das Abendessen, die Sektpyramide, der DJ drehte die Musik lauter. Ich war sentimental und überzuckert und nicht mehr richtig in Feierlaune, wollte die Gelegenheit nutzen, um mich unauffällig auf den Heimweg zu machen, aber Yasmin stoppte mich.
Ob ich ihr beim Pinkeln helfen könne, fragte sie und war schon ziemlich betrunken. Sie brauche jemanden, der ihr das Kleid hochhalte, und wir seien ja jetzt verwandt.
Yasmin hielt grinsend ihren Rock in meine Richtung.

Auf der Toilette raffte ich drei Schichten Tüll beiseite, hockte zu ihren Füßen und warf einen Blick auf ihr blaues Strumpfband, während neben meinem Kopf der Urin auf die Keramik donnerte. Es imponierte mir, wie ungeniert sie vor mir pinkeln konnte.
Als sie fertig war, legte sie eine Hand auf meinen Kopf, atmete lange aus und sagte: »Kannst du dir vorstellen, dass ich ihn geheiratet habe?« Sie sah mit verklärtem Blick auf mich hinunter. Ich wusste nichts zu erwidern.
Eine Weile verharrten wir schweigend in dieser Pose, dann half ich ihr zurück in ihre Strumpfhose, und sie verschwand in die Nacht.

Julien holt mich aus meinen Gedanken in die Gegenwart zurück, hält mir eine Schale mit Schokoladenmousse und Erdbeeren entgegen.
Ob wir nach dem Dessert loswollen?
Ich weiß gar nicht, wohin.
Nicke trotzdem.

*

Dass sie hofft, mich bald wiederzusehen, sagt Ines zum Abschied und drückt ihre warme Wange an mein Gesicht.
Marianne hat die Hände in den Hosentaschen, macht einen schmalen Mund.
Ich weiß nichts zu erwidern, nehme stattdessen Marianne in den Arm und – untypisch für mich – streiche mit meinen Fingern kurz über das weiche Haar in ihrem Nacken.

Sie sieht mir streng und liebevoll ins Gesicht, sagt: »Du musst schreiben. Kauf dir ein vernünftiges Telefon, damit ich dir Fotos und Sprachnachrichten schicken kann.«
Ich grinse, nicke.
Mit spitzen Lippen küsst Juliens Vater an meinem Kopf vorbei dreimal die Abendluft, schaut mir indifferent ins Gesicht, als hätte er bereits vergessen, wer ich bin.
Dann legt er unbekümmert einen Arm um Ines, den anderen um seine Tochter.
Bevor ich es zulasse, die drei zu lange anzuschauen, mir zu bewusst wird, dass ich sie vermutlich nicht wiedersehe, dass ich noch viele Male ausgetauscht werde in diesem Szenario in den nächsten Jahren, drehe ich mich um,
springe auf Julien zu.

Der hat den Roller schon auf die Straße gefahren, seinen Helm aufgesetzt, die Arme vor der Brust verschränkt und schaut mir entgegen. Ich steige hinter ihm auf, winke Juliens Eltern und Marianne noch mal zu, sie lehnen in der Haustür. Dann schlage ich meinen Power-Ranger-Kopf gegen seinen Helm.
»Na los.«

Wir fahren die Küstenstraße entlang, Stück für Stück ein bisschen höher, bis die Straße schmal wird und der Ausblick schöner.
Ich bin nicht sicher, wo Julien hinwill, er fährt schneller als sonst, beschleunigt in der nächsten Kurve noch ein bisschen mehr, es spielt keine Rolle.

Wir kommen auf einem leeren Discounterparkplatz zum Stehen, der Roller spuckt eine kleine Ladung Staub und Benzin aus.
»Was machen wir hier?«, frage ich, springe auf meine Füße und schaue mich um.
Der Supermarkt ist auf jeden Fall von allen Supermärkten, die ich kenne, der mit dem schönsten Ausblick.
»Es ist an der Zeit, dass du selber mal fährst«, sagt Julien.
Ich schaue ihn ungläubig an, werfe einen Blick rüber zu dem dunklen, hässlichen Flachbau, den Einkaufswagenunterständen, den überfüllten Mülleimern. Schräg links zu meinen Füßen ringen ein paar Spatzen mit einer leeren Chipstüte.
»Wozu?«
»Weil es Spaß macht«, sagt Julien.
»Probier's aus.«
Er schleudert mir den Schlüssel entgegen, die Spatzen fliegen erschrocken auseinander.
Ich bin überrascht, dass ich den Schlüssel fange.
Julien springt vom Roller, klopft auf den Sitz.
Langsam und widerwillig steige ich auf, lege meine Hände auf den Lenker.
Er ist noch warm.

Julien setzt sich hinter mich, schlingt seine Arme fest um mich, drückt seine Beine an meine und rutscht so nah an mich heran, wie es geht. So nah, dass ich seinen Körper sehr genau spüren kann.
Dann legt er seine Hände auf meine Oberschenkel.

Wärme steigt von seinen Handflächen in meinen Schoß, hinauf in meinen Kopf.
Ich habe keine klaren Gedanken mehr, zünde den Motor.

Ich fahre wieder und wieder im Kreis, kann nicht damit aufhören.
Julien hat seine Arme zur Seite rausgestreckt, fragt irgendwann: »Wohin willst du?«
»Keine Ahnung!«, rufe ich.
Beschleunige.
»Okay«, sagt Julien.
In der nächsten Kurve biege ich ab, verlasse den Parkplatz und fahre raus auf die Küstenstraße.

Ich fahre viel zu schnell, höre Julien johlen hinter mir. Der Wind schleudert sein Bellen in alle Richtungen.
Ich beschließe, zu dem Aussichtspunkt zu fahren, an dem Julien und ich an unserem ersten gemeinsamen Abend waren, gebe noch mal Gas.

An dem Tag, an dem ich meinen Führerschein machte, überreichte meine Mutter mir feierlich den Schlüssel zu ihrem dunkelgrünen VW Golf. Bea tauchte mit einer Flasche Sekt bei mir zu Hause auf. Als ich die Tür öffnete, spritzte sie mich damit ab, als hätte ich ein Formel-1-Rennen gewonnen.
»Ich hoffe, dir ist klar, dass wir uns jetzt nie wieder irgendwohin zu Fuß bewegen.«
Wir hörten meine Mutter aus dem Wohnzimmer protestieren.

Bea und ich fuhren ohne Ziel weite Kreise durchs Wohngebiet, raus in den Wald, die Landstraßen entlang.
Aus den uralten Autoboxen dröhnte Musik, Bea hatte die Füße auf das Armaturenbrett gelegt und rauchte einen Joint. Irgendwann sagte sie: »Wir sollten einfach abhauen. Ich glaube, jetzt ist genau der richtige Zeitpunkt.«
Ich war beschäftigt mit Schalten und Blinken, fragte unkonzentriert: »Was sollen wir?«
»Abhauen. Wenn wir abhauen, ersparen wir uns den ganzen Mist: die Abiprüfungen, die Abschiede, die Unibewerbungen. Wir könnten einfach irgendwo neu starten, unser Konfirmationsgeld verballern. Wir könnten verschwinden.«
Sie hatte mir in den Jahren davor mehrfach die Flucht vorgeschlagen, aber dieses Mal klang sie ernster, dringlicher. Kurz erschien die Aussicht verführerisch: mit Bea durchs Land fahren, mal hier, mal da anhalten, am schönsten Ort ankommen und machen, was wir wollen.
Bea lehnte sich zu mir rüber: »Die besten Geschichten beginnen immer damit, dass jemand aufbricht.«
Ich fand, dass sie recht hatte, griff fester ins Lenkrad, eine Welle Aufregung rollte durch meinen Oberkörper.
Links und rechts flackerten die roten Lichter der Windräder, der weiße, schnelle Takt der Fahrbahnmarkierungen schnitt Schlitze ins Sichtfeld. Vor uns wurde der Mond gemächlich gelber.
»Gleich geht's rauf auf die Autobahn, du könntest einfach abbiegen und los.«
Bea hatte sich abgeschnallt, um sich weiter in meine Richtung drehen zu können.

Ihre Stimme überschlug sich, während sie die Meter runterzählte, immer wieder rief, dass heute der Abend der Abende sei.

Die Ausfahrt zur Autobahn kam, ich hielt die Luft an.

Dann fuhr ich weiter geradeaus.

Bea bog sich wieder nach vorne, schnallte sich an. Sie sagte meinen Namen, als sei er ein Fluch, und drehte die Musik lauter.

*

Zehn Minuten später kommen wir mit einem kräftigen Ruck an. Julien reißt sich den Helm vom Kopf, prustet und flucht, ruft: »Du bist ja völlig übergeschnappt.«

Er klingt erfreut.

Ich klettere an der Absperrung vorbei auf die Felsen. Unter ihnen bricht der Boden scharf weg, liegt das Meer.

Die *Symphony of the Seas* hat abgelegt, man sieht nur ein paar kleine, schwach blinkende Jachtenketten in Hafennähe. Ich setze mich auf einen Stein, er ist noch aufgeheizt vom Tag.

Julien steht für einen Augenblick da, dann setzt er sich hinter mich, schiebt seine langen Beine an meinen vorbei, legt sein Kinn auf meinen Kopf und umschließt meine Arme mit seinen.

»Wie geht's dir?«, fragt er.

Ich überlege, spüre seinen Herzschlag an meinem linken Schulterblatt, dann sage ich: »Ich habe ein bisschen Angst vor zu Hause.«

Ob ich wissen wolle, was er mache, wenn er Angst habe, fragt Julien. Inzwischen kenne ich ihn gut genug, um die Rhetorik hinter solchen Fragen zu kennen, und antworte nicht.
Er holt sein Handy aus der Hosentasche.
Es gebe da dieses eine Video auf YouTube, da spiele ein Mann einem alten Elefanten auf dem Klavier Beethoven vor. Das sei das Befremdlichste und Beruhigendste, was es zu sehen gebe im Internet, besser als jede Meditation.
Julien tippt ins Handy: »beethoven moonlight sonata for old elephant«.
Ich beuge mich über den Bildschirm, er beleuchtet unsere Gesichter nur schwach, weil es auch im Video dunkel ist.

Für die nächsten 6,27 Minuten schauen wir einem Typen dabei zu, wie er die »Mondscheinsonate« spielt, beobachten hypnotisiert den Elefanten, versuchen rauszufinden, ob er bloß höflich ist und den Typen deswegen in Ruhe spielen lässt, fragen uns, ob er sich denkt –
»Ich hatte gerade eigentlich anderes zu tun.«.
Oder ob er Gefallen findet an dem Lied, das Rüsselschlagen eine Reaktion auf die Töne ist.
Ich habe das Gefühl, mich nie wieder in meinem Leben vor irgendetwas fürchten zu müssen.

*

Wir verabschieden uns am Aussichtspunkt, beschließen, dass Julien mich ohne viel Tamtam zum Marktplatz bringt und wir nicht unnötig kitschig werden.
»Wir sehen uns sicher eh bald wieder«, ruft Julien beim Fahren über seine Schulter, und ich verbessere ihn nicht, winke stattdessen und schlucke
einmal,
zweimal,
dreimal,
viermal.

Nachdem Julien mich abgesetzt hat, laufe ich zu Bea und meinem Ferienhaus, halte meinen Schlüsselbund lange in der Hand, lasse ihn zwischen den Fingern klirren.
Ich schaue unschlüssig hinauf zum Haus, hoch zu Beas und meinem dunklen Fenster.
Drehe mich dann um, laufe in Richtung Kirchplatz, zu der kleinen Kneipe um die Ecke, laufe wie ferngesteuert und ohne eigenen Willen.

Die Kneipe ist besser besucht, als ich es um diese Uhrzeit erwartet habe. Überwiegend Männer um die fünfzig drücken sich auf den unbequemen Holzstühlen herum, lehnen an der Theke.
Ein Typ ist deutlich jünger als die meisten.
Er trägt ein Abercrombie-&-Fitch-Poloshirt, einen gepflegten Dreitagebart und eine schlecht sitzende gebügelte Jeans.
Erst lässt er sich nicht anmerken, dass er mich bemerkt,

nach zehn Minuten setzt er sich aber doch neben mich an die Bar, dreht sich erst nicht in meine Richtung, kurz darauf dafür umso demonstrativer. Einen Moment lang scannt er mein Gesicht, meinen Brustkorb. Seine Augen verraten, dass er müde ist.
Schließlich sagt er »Hallo«, auf Englisch.
Dass er Fluglotse sei, dafür sorge, dass die Touris nicht beim Starten und Landen ineinanderkrachen. Er sagt es betont gleichgültig.
Ich frage, ob das manchmal stressig sei. Er nickt, schaut auf seine dünne Bierkrone. Ständig, besonders wenn ein Vogel ins Getriebe fliege. Und das passiere häufiger, als man meine.
Der Tower sei ohnehin schon völlig überlastet von den ganzen Flugzeugen. Wenn dann noch plötzlich so ein Vieh in die Mühlen geriete, dann sei das Stress pur.
Ich nicke, stelle mir eine kleine Federwolke neben den Turbinen vor.
Frage mich, ob man so was im Flugzeug eigentlich mitkriegt.

Für ein paar Augenblicke schweigen wir, man hört nur das Kneipengedudel und unser Schlucken. Ich überlege, ob ich mich noch länger mit ihm unterhalten will, wäge ab, wie interessant das Gespräch noch werden könnte, werfe einen Blick auf das Klavier, an dem Rolf letztens noch saß.
»Komm«, sage ich schließlich, möchte am liebsten geschäftig in die Hände schlagen. Ich ziehe ihn den schmalen, mit Bier-Etiketten und alten Fotos tapezierten Gang hinterm

Tresen entlang zur Toilette. Die Tür zum Damenklo ist markiert mit dem Bild von Marilyn Monroe, auf dem sie keck ihren Rock vor einem Luftstoß schützt.
Der Fluglotse kann sein Glück kaum fassen. Ich kann ihm ansehen, dass er nicht damit gerechnet hat, mich so einfach rumzukriegen.

Als wir zurückkommen, sitzt Rolf am Tresen.
Wir schauen uns kurz an, sagen beide nicht Hallo.
Ich setze mich neben Rolf, der Fluglotse bleibt kurz etwas ratlos stehen, räuspert sich.
Er öffnet den Mund, macht ihn wieder zu.
Dann ist er verschwunden.
Rolf nimmt einen großen Schluck Bier, sagt, dass ich wohl besser mal nach Hause gehen solle.
»Ja«, sage ich. »Ich war schon auf dem Heimweg. Und du?«
»Ich bleib noch auf ein Getränk«, sagt Rolf.

*

Am nächsten Morgen ist Bea am Kofferpacken, als ich wach werde.
Ich reibe mir den krustigen Schlaf aus den Augen.
Bea dreht sich zu mir, fragt: »Na, wie war's?«
Ob ich spät im Bett gewesen sei?
Ich zucke mit den Achseln, überlege kurz, ob ich ihr erzählen soll von dem alten Elefanten, meinem Abstecher in die Bar, den Vögeln in den Flugzeugturbinen, von Rolf.
Stattdessen sage ich nur: »Es war schön.«

Weil Bea mich gut kennt, merkt sie, dass ich ihr etwas verschweige, und meine Geheimnisse hängen für einen langen Moment zwischen uns, dunkel und schwer.
Sie nickt, sieht enttäuscht aus, dreht sich zurück zu ihrem Koffer und wickelt weiter Socken in BHs und BHs in T-Shirts.
»Freut mich für dich.«

Wir verbringen unseren letzten Tag größtenteils am Meer. Die Haut an meinem Hintern ist rau und widerstandsfähig geworden von zwei Wochen Sitzen im Sand.
Julien schickt eine SMS aus Frankreich, ist inzwischen abgereist. Er behauptet, dass er im Antiquariat war, um die mobile Kommunikation meiner Generation zu verstehen und um mir Folgendes zu schicken:
@->—

Sobald er einen Elefanten darstellen könne, würde er sich noch mal melden.
Ich muss lachen.
Von Marianne soll er mir ausrichten: :-P

Abends gehen Bea und ich noch mal essen, bestellen ein weniger üppiges Menü als am ersten Abend.
Der Restaurantbesitzer ist nicht zu sehen, die Kellnerinnentraube etwas kleiner geworden. Wir sind verhältnismäßig spät gekommen.
Ich zerteile ein Stück Scholle in viele kleine Stücke, Bea tunkt ein Baguette in die Reste ihres Salatdressings.

Wir sagen wenig, sind beide in Gedanken versunken, müde von der Sonne und den letzten Tagen, sind wie diese Ehemänner und -frauen, die man ab und an sieht: die, die schweigend und mit traurigen Mienen in Restaurants sitzen, auf ihre Teller starren, sich offensichtlich schon seit Jahren nichts zu sagen haben.

Eine der Kellnerinnen scheint die Stimmung am Tisch bemerkt zu haben, nutzt aus, dass sie unbeobachtet ist, und stellt uns einen süßen Likör hin.
»Aufs Haus«, sagt sie auf Englisch, zwinkert uns zu. Dann geht sie wieder zu ihren Kolleginnen, die uns kollektiv angrinsen.
Bea und ich grinsen zurück, prosten ihnen zu.
Danach ist unsere Laune deutlich besser.

*

Als wir zurück zum Ferienhaus kommen, sitzt Eva noch auf der Terrasse, sie hat anscheinend auf uns gewartet. Rolf ist nirgends zu sehen.
Eva hat ein Tiramisu vorbereitet.
»Nachtisch«, sagt sie und strahlt uns an.
Wir bringen es nicht übers Herz, ihr zu sagen, dass wir gerade schon Crema Catalana gegessen haben, lassen uns von ihr einen großen Schlag auftun.
»Ihr werdet mir ganz schön fehlen«, sagt Eva und schaut Bea dabei an.
Bea greift nach Evas Hand und sagt, dass sie das nächste

Mal mit Amir und Noah wiederkommen werde, vielleicht im Herbst schon, wenn die Arbeit es zulasse.
Eva und Bea lächeln sich an, dann sagt Eva etwas, das ein Insiderwitz zwischen den beiden zu sein scheint, und sie lachen laut und fröhlich.
Ich lache mit, ohne zu wissen, warum.

*

Im Zimmer später schaut Bea mir beim Packen zu, sagt ab und zu mal so was wie: »Das könntest du ineinanderstecken.«
Oder: »Wenn du das so knüllst, dann nimmt das wahnsinnig viel Platz weg.«
Sie muss sich auf meinen Koffer setzen, damit er schließt, ich zerre am Reißverschluss.
Als er zu ist, bleibt Bea noch einen Moment sitzen, sieht ungewohnt ernst aus.
»Schön, dass wir das gemacht haben«, sagt sie.
»Ich glaube, das war gut für dich.«
Ich nicke, schaue möglichst ernst zurück, greife dabei unauffällig nach meinem Kissen. Dann schleudere ich es Bea mit voller Kraft gegen den Kopf. Sie kreischt und flucht, bewaffnet sich mit ihrer Schlafrolle.
Wir lachen uns kaputt, fallen durch ein Zeitfenster von mehreren Jahren, sind mit einem Schlag zehn Jahre alt, mit dem nächsten vierzehn, dann wieder zwölf, siebzehn, achtundvierzig.

*

Am nächsten Tag bringen uns Rolf und Eva zum Flughafen, es fühlt sich ein bisschen an, als wären wir ihre Töchter. Rolf trägt all unser Gepäck auf einmal, lässt sich nicht helfen. Eva fragt, ob wir was zum Drüberziehen griffbereit hätten, in Deutschland solle es wesentlich kühler sein. Und dass wir uns bloß nicht im Duty-Free-Shop abzocken lassen sollten – die Toblerone sei nur auf den ersten Blick ein Schnäppchen.

Wir zeigen Eva unsere Jeansjacken und Tücher, nicken, bedanken uns bei Rolf, nehmen ihm unsere Trolleys ab. Dann umarmen wir die beiden, verabschieden uns. Eva und Rolf beobachten uns noch einen Moment in der Security-Check-Schlange, recken die Köpfe, winken voller Elan.

Dann schlendern sie händchenhaltend davon.

Bea und ich schauen uns das Treiben im Restaurantbereich des Flughafens an, stehen vor der Abflugtafel. Ich denke an den Fluglotsen und sein müdes Gesicht, schiebe den Gedanken beiseite.

»Wie sind wir denn hierhergekommen, wie ist das denn eigentlich passiert?«, frage ich.

Bea zuckt die Achseln.

»Keine Ahnung, aber ich bin mir ziemlich sicher, dass ich es bald bereuen werde, nicht in einen Badeflamingo investiert zu haben.«

Wir umarmen uns lange, und als mir unerwartet ein Kloß im Hals stecken bleibt, ich die Feuchtigkeit aus meinen Augen wegblinzeln muss, klopft Bea mir unbeholfen auf die Schulter.

Ich ziehe die Korallenkette, die mir der alte Mann auf dem Flohmarkt geschenkt hat, über meinen Kopf, lege sie in Beas Hand und sage: »Hält das Böse fern.«

Sie lächelt, betrachtet die Kette in ihrer Handfläche.

»Ich habe letztens mit Amir eine Doku über Korallen geschaut. Da ging es um die Debatte, was Korallen eigentlich sind – Tiere oder Pflanzen.«

»Pflanzen?«, tippe ich.

»Tiere«, sagt Bea.

»Es ging um die Malediven und die amerikanischen Atomtests, die riesige Korallenriffe zerstört haben, auch um Korallenschmuckherstellung. Interessant fand ich, worauf Korallen ihre Riffe bauen.«

Sie sieht mich an wie eine Grundschullehrerin.

»Was denkst du?«

»Keine Ahnung«, sage ich.

»Vielleicht ganz einfach auf dem Meeresgrund?«

Bea schüttelt den Kopf.

»Auf sich selbst. Korallen bauen ihre Riffe auf sich selbst.«

Sie gibt mir die Kette zurück.

»Du solltest sie behalten.«

Bea rückt ihren Strohhut zurecht, sieht wie ein Cowgirl dabei aus, dreht sich dann um, ist im nächsten Moment hinter Schultern, Armen und in Plastik geschlagenen Hartschalenkoffern verschwunden.

Ich rolle zu einem Zeitschriftenladen, am Eingang hängen Nackenhörnchen, Kofferwagen, Reiseadapter, steht ein großer Ständer mit kitschigen Postkarten.
Ich entscheide mich für vier Karten:

Einmal die Insel von oben, sie sieht überraschend klein aus, wie ein grün-grauer angebissener Kartoffelchip (für meine Mutter, pflichtbewusst).
Ich schreibe:
Hallo Mama,
Bea und ich sind tiefenentspannt und sonnenverbrannt.
Die Insel war wirklich schön, das Meer glasklar, die Unterkunft nett.
Bis bald mal, viele Grüße
deine S.

Eine Karte mit zwei alten Damen in Bikinis, die Eis essen (für Bea):
Ich hoffe, du fährst auch noch mit mir in den Urlaub, wenn wir so aussehen.
Sorry, dass ich nicht besser drauf war.
S.
(Dazu male ich ein Herz mit einer Sonnenbrille und einer langen Nase.)

Eine Karte mit einer lachenden Sonne (für zu Hause):
Bea und ich sind tiefenentspannt und sonnenverbrannt.
Die Insel war wirklich schön, das Meer glasklar, die Unterkunft nett.

Ich freu mich auf euch.
S. xx

Eine Karte mit einem Seeigel drauf für Julien:
xx S.

Ich suche eine Weile nach einem Postkasten, finde keinen. Werfe die Karten schließlich in den Müll.

*

Ich trage meinen Koffer ungelenk die Treppe zum Flugzeug hoch, ein Steward begrüßt mich freundlich. Am Anfang der Sitzreihen ist eine junge Stewardess damit beschäftigt, einer Gruppe Männer um die sechzig beim Verstauen ihres Gepäcks zu helfen. Egal, in welche Richtung sie sich dreht, schaut ihr einer der Typen feixend auf den Po oder zeigt den anderen einen erhobenen Daumen.
Ich trete dem, der am nächsten zu mir steht, beim Vorbeigehen kräftig auf die Füße, rolle noch mal mit meinem Koffer über die Zehen eines anderen.

Mein Sitzplatz liegt am Gang. Erst quetscht sich ein älterer Herr an mir vorbei zum Fensterplatz, dann ein circa dreizehnjähriges Mädchen auf den Platz in der Mitte. Sie stöpselt sich Kopfhörer in die Ohren, schließt die Augen, kaut ausladend Kaugummi.
Bevor ich mein Handy in den Flugmodus stelle, schreibe ich noch eine Nachricht an Bea:

»Ich bin die Einzige mit Bierhelm im Flieger, niemand singt mit mir mit. Die Stimmung ist nur mittelmäßig.«

Als wir schließlich in der Luft sind, sammeln sich Tränen hinter meinen Wangenknochen, meine Nase schwillt davon an. Dann bricht es aus mir heraus, ich kann nichts dagegen tun.
Das Mädchen neben mir wirft mir einen Blick zu, ihr Gesichtsausdruck könnte entweder Sympathie oder Genervtheit bedeuten. Sie beginnt in ihrem Rucksack zu kramen, legt mir ein Taschentuch auf den Klapptisch und sagt: »Du musst nicht traurig sein.«
Sie sagt das so, als läge das doch eigentlich auf der Hand, hat so viel Sicherheit und Überzeugung in der Stimme, dass ich ihr sofort glaube.
Ich nicke und ziehe Rotz hoch bis in die Mitte meiner Stirn.
Das Mädchen lächelt zufrieden, schließt die Augen wieder, korrigiert den Sitz ihrer Ohrstöpsel und macht eine hellblaue Kaugummiblase,
die erst anschwillt auf die Größe einer Pampelmuse
und dann knallend zerplatzt.

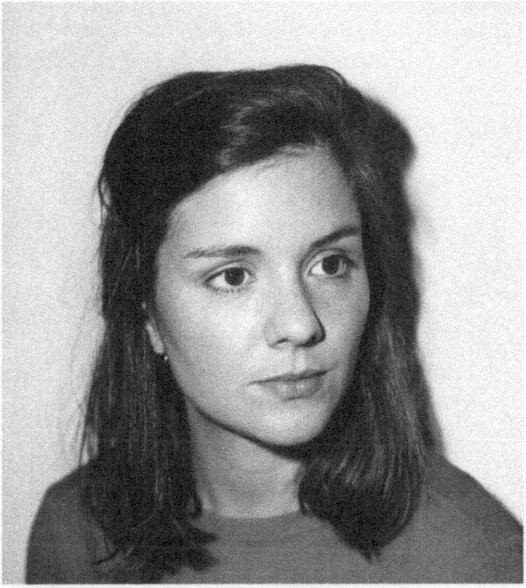

© Stefan Haehnel

ANGIE VOLK, geboren 1989, studierte Kulturwissenschaften und Interkulturelle Kommunikation in Frankfurt (Oder) und Ljubljana. Sie ist Mitgründerin der anonymen Lesebühne *Konzept: Feuerpudel*. 2015 stand sie auf der Shortlist des *Write-and-Read*-Wettbewerbs der Jungen Verlagsmenschen, 2018 erhielt sie den Förderpreis der Gruppe 48. Ein Jahr später war sie Finalistin beim 27. *open mike*. *Krokodile* ist ihr erster Roman.